KB206494

# 스텔라의 무인 사진관

청소년 성장소설 십대들의 힐링캠프, 잠재력(초등고학년)

**[십대들의 힐링캠프®] 시리즈 NO.81**

지은이 ㅣ 최보람
발행인 ㅣ 김경아

2024년 11월 23일 1판 1쇄 인쇄
2024년 12월  1일 1판 1쇄 발행

**이 책을 만든 사람들**
책임 기획 ㅣ 김경아
기획 ㅣ 김효정

북 디자인 ㅣ KHJ북디자인
표지 삽화 ㅣ 발라
경영 지원 ㅣ 홍종남
기획 어시스턴트 ㅣ 홍정욱, 한선민, 박승아
제목 ㅣ 구산책이름연구소
책임 교정 ㅣ 이홍림
교정 ㅣ 주경숙, 김윤지

**종이 및 인쇄 제작 파트너**
JPC 정동수 대표, 천일문화사 유재상 실장

**청소년 기획위원**
정가인, 양태훈, 양재욱

펴낸곳 ㅣ 행복한나무
출판등록 ㅣ 2007년 3월 7일. 제 2007-5호
주소 ㅣ 경기도 남양주시 도농로 34, 301동 301호(다산동, 플루리움)
전화 ㅣ 02) 322-3856 팩스 ㅣ 02) 322-3857
홈페이지 ㅣ www.ihappytree.com ㅣ bit.ly/happytree2007
도서 문의(출판사 e-mail) ㅣ e21chope@daum.net
내용 문의(지은이 e-mail) ㅣ flower1oo4@naver.com
※ 이 책을 읽다가 궁금한 점이 있을 때는 지은이 e-mail을 이용해 주세요.

ⓒ 최보람, 2024
ISBN 979-11-94010-07-4  (43810)
"행복한나무" 도서번호 : 186

# 차례

**프롤로그**  별을 닮은 스텔라의 무인 사진관          ● 6

1. 용기를 주는 뿔테 안경                    ● 12

2. 친구야 미안해, 토끼 머리띠                ● 48

3. 규칙을 가르쳐준 판다 모자                 ● 77

4. 마음을 토닥여 주는 걱정 인형              ● 114

5. 꿈을 찾아주는 여우 가면                   ● 148

**에필로그**  쉿, 비밀인데요. 그냥 평범한 소품들이에요.   ● 180

# 별을 닮은 스텔라의 무인 사진관

"이 정도면 되려나?"

가발부터 머리띠, 선글라스까지 다양한 소품을 배치한 스텔라는 이마에 맺힌 땀을 닦으며 작은 숨을 내쉬었다.

특별한 일이 있는 날만 제외하고 매일 새벽 다섯 시면 스텔라는 가게로 와서 청소를 시작한다. 공주풍 소파의 먼지와 얼룩진 거울을 닦아내고, 손님들이 붙이고 간 메모들을 정리한다. 그리고 메모에 적힌 불만 사항 등을 꼼꼼히 체크한다.

 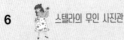

메모 정리까지 마친 스텔라는 코코아 한 잔을 들고 가게 앞으로 나가 골목을 둘러보았다. 이미 문이 열린 곳도 있고 아직 열리지 않은 곳도 있었다.

사람들에겐 평범해 보이는 이 골목엔 오랜 세월 동안 이어온 특별한 가게들이 줄지어 있다. 행운을 파는 쿠키 가게부터 소원을 이루어주는 옷 가게까지. 스텔라의 사진관도 평범해 보이지만 특별한 사진관이다.

이 골목에서 가장 나중에 생긴 '스텔라의 무인 사진관'은 행운을 파는 것도 아니고, 소원을 이루어주는 옷을 파는 것도 아니다. 하지만 사진을 찍는 순간 그 사람의 마음도 함께 찍히는 신비한 사진관이다. 어두운 마음이 찍힌 사람들의 고민을 들어주는 것이 스텔라가 할 일이다.

'별'이라는 뜻을 가진 스텔라의 이름 때문일까? 어두운 마음이 찍힌 사람들이 무인 사진관을 다녀가면 마음부터 얼굴까지 별처럼 반짝반짝 빛나더라는 '카더라' 통신도 있다. 그래서인지 스텔라의 무인 사진관은 문을 열자마자 매일 사람들로 북적거렸다. 갖가지 소품들로 재미있게 꾸미고 사진을 찍을 수 있어서, 친구들과 함께 오기도 하고 혼자 와서 사진을 찍는 사람들도 있었다. 특히 중학생이나 젊은 연인, 가족들이 자주 찾는다. 하지만 스텔라가 기다리는 손님은 이곳에서 아직 한 명도 만나지 못했다.

스텔라가 문 앞 쓰레기를 줍고 다시 가게로 들어가려고 할 때 옆 가게인 제과점의 쿠보 씨가 문을 열고 나왔다. 쿠보 씨는 키가 아주 크고 덩치도 컸다. 처음에 스텔라는 큰 키와 뭉툭한 손만 보고 그가 꽤 무뚝뚝한 사람일 거라고 생

각했지만, 몇 번 대화를 나누어본 뒤에는 다정하고 자상한 사람이란 걸 알았다.

"스텔라. 오랜만이네."

"쿠보 씨. 오늘은 일찍 나오셨네요? 너무 이른데. 코코아 한 잔 드릴까요?"

"아니, 괜찮아. 허허. 오늘 행운 쿠키를 사 갈 사람이 일찍 올 거거든. 그래서 미리 준비하려고 나왔지."

"특별한 손님인가 봐요. 저는 아직 만나지 못했는데."

"낮에 보니 사람들이 많던데, 아직이야?"

"네. 전에 다른 골목에서는 그래도 꽤 있었는데."

"사진을 찍으러 오는 사람들은 대부분 행복한 마음으로 오니까."

"맞아요. 손님들이 행복하고 마음이 어둡지 않다면 그건 정말 좋은 일이긴 해요. 하지만 저도 제가 해야 할 일이 있는데, 손님이 없으니. 하하. 사진관 말고 분식집을 할 걸 그랬나 봐요."

"허허허."

시무룩해 하는 스텔라를 본 쿠보 씨는 호탕하게 웃으며 잠시 가게로 들어가 작은 봉투를 들고 나왔다. 스텔라에게 건넨 봉투 안에는 네 잎 클로버 모양의 쿠키가 들어 있었다.

　"이거 행운 쿠키 아니에요?"

　"맞아. 넉넉하게 구웠거든. 먹어봐. 기분이 좋아질 거야."

　스텔라는 감사하다는 인사를 한 후 손바닥만 한 클로버 모양의 쿠키를 한입 크게 베어 먹었다. 쿠보 씨의 달콤한 쿠키를 먹으니 정말 기분이 좋아지는 것 같았다.

　"와, 정말 맛있어요. 그래서 이 쿠키를 먹으면 행운이 오나 봐요."

　"맛있다고 해주니 고맙네. 쿠키를 먹었으니 오늘은 좋은 손님이 찾아올걸세. 허허. 나는 들어가 봐야겠어. 다음에 또 보자고."

　쿠보 씨는 손을 흔들며 들어갔다. 남은 쿠키를 입에 털어 넣은 스텔라는 미소를 지었다. 그리고 크게 심호흡하고 다시 가게로 들어갔다.

　"쿠보 씨 말처럼 오늘은 진짜 손님이 올까?"

스텔라의 무인 사진관

# 1.
# 용기를 주는 뿔테 안경

서준이는 실내화 주머니를 발로 탁탁 차며 교문을 걸어 나왔다. 함께 나오던 민수는 어두운 표정의 서준이를 보고 걱정스레 물었다.

"서준아, 무슨 일 있어?"

"아니…."

서준이는 고개를 들지 못했다. 민수의 말에 곧 눈물이 쏟아질 것 같았다. 평소와 다름없는 하굣길이지만 오늘따라 마음도 발걸음도 무거웠다.

"왜 그래? 서준아."

머뭇거리던 서준이를 붙잡고 민수가 다시 한번 물었다. 서준이는 한숨을 푹 내쉬고는 말했다.

"학원이 너무 가기 싫어…."

왜 서준이가 시무룩한지 이유를 알 것 같았다. 민수는 고개를 끄덕이며 서준이의 어깨를 두드렸다.

"왜 그러는지 알 것 같아. 그런데 지금까지 잘 다녔잖아."

"응. 그런데 학원이 하나 더 늘었거든."

"그럼 여섯 곳이나 가야 해?"

"응. 나도 친구들이랑 놀고 싶기도 하고, 좋아하는 책도 읽고 싶은데 너무 힘들어."

"나도 세 곳이나 가지만 거의 운동하는 곳인데, 넌 다 공부하는 곳이지?"

"수학, 국어, 영어 두 군데, 한국사, 과학까지. 그런데 엄마가 주말마다 한자 학원도 가라고 했어."

"히익, 그렇게나 많이? 나도 영어 학원은 가지만 나머지는 줄넘기랑 피아노 학원이라 재밌는데…. 공부만 하느라 더 힘들겠다.”

“…넌 좋겠다. 나 늦어서 먼저 갈게. 걱정해 줘서 고마워,
내일 보자.”

“그래 잘 가. 힘 내, 서준아.”

서준이는 민수에게 손을 흔들어 인사하고는 학원으로 향
하는 샛길로 들어갔다. 이대로 집으로 가서 책을 읽었으면
좋겠다는 생각이 들었다. 아니면 친구들과 잠시 놀았으면
하는 마음이었다.

‘가기 싫어. 하기 싫어.’

자신의 발끝을 볼 때마다 서준이는 싫다는 생각만 들었
다. 축 처진 어깨로 두 번째 골목길로 접어들었을 때, 새로
생긴 무인 사진관이 눈에 들어왔다.

‘친구들이 말하던 곳이 저기구나?’

서준이도 요즘 반 아이들 사이에서 유행하는 ‘무인 사진
관’ 이야기를 친구들에게서 들어 알고 있었다. 지나가다 몇
번 보긴 했지만, 학교를 마치면 바쁘게 학원을 가야 했기에
한 번도 가본 적은 없었다. 사진관 앞을 지나며 안을 살짝

들여다보니 웃으며 소품을 고르는 한 무리의 아이들이 있었다. 행복한 표정으로 친구들과 모여 사진을 찍는 아이들의 모습에 서준이는 왠지 슬픈 기분이 들었다. 학원만 아니라면 자신도 저 아이들처럼 행복할 수 있을 거라는 생각이 들었다.

"학원을 가지 않으면 나도 친구들과 사진을 찍으며 놀 수 있을 텐데."

몇 번이고 엄마에게 학원을 줄여달라고 부탁해 봤지만, 소용없었다. "다 너를 위한 거야."라는 엄마의 말에 마땅히 할 말이 없었다. 가만히 서서 사진관을 보고 있을 때, 사진을 들고 활짝 웃는 아이들이 가게 문을 열고 나왔다.

"이거 봐, 나 눈 감았어."

"그래도 이쁘게 잘 나왔네. 이거 사람별 스토리 올린다?"

"내 얼굴 모자이크!"

아이들이 나오자 잠시 주춤했지만, 서준이는 사진관 앞에서 발이 떨어지지 않았다. 딱히 사진이 찍고 싶은 건 아니었다. 그냥 친구들과 저런 시간을 갖고 싶었을 뿐.

'나도 찍어볼까? 에이, 혼자서 무슨. 학원도 늦을 것 같고…'

매번 아무렇지 않게 지나쳤던 사진관이었는데 오늘따라 그 앞에서 몸이 움직여지지 않았다. 서준이는 주머니를 뒤져 돈을 꺼냈다.

"엄마가 준 간식 값이면 찍을 수 있을 것 같은데."

서준이는 한참을 고민하다 결심한 듯 사진관 안으로 들어갔다.

딸랑~

문을 열고 들어가자 한쪽 벽면엔 색색의 풍선들이 달려 있고 다른 한쪽 벽엔 사람들이 써놓은 메모들로 가득 차 있었다. 그리고 아기자기한 소품들도 한가득 있었다. 서준이는 메모가 있는 곳으로 가 사람들이 써놓은 글을 읽어보았다. 모두 이곳에서의 추억을 담아 쓴 글 같았다. 서준이는 사진을 찍으면 어쩐지 자신도 이 사람들처럼 행복해질 수 있을 것 같은 기분이 들었다.

'나도 사진을 찍으면 저 사람들처럼 웃을 수 있을까. 나중에 민수랑 다시 올까? 이왕 들어온 김에 찍어볼까.'

몇 번 고민하던 서준이는 결국 사진을 찍기로 결심했다. 혹시 다른 사람들이 들어와 혼자 온 자신을 볼까 부끄러워, 얼른 커튼을 열고 사진기 안으로 들어갔다. 처음이라 낯설어 먼저 기계부터 찬찬히 둘러보았다.

"여기다 돈을 넣으면 되는 건가?"

지폐를 펴 기계 안으로 밀어 넣고 곧 기계에서 들려오는 안내 음성에 따라 화면에 표시된 대로 버튼을 눌렀다. 갑자기 심장이 두근거렸다.

잠시 후 화면에 촬영을 알리는 숫자가 표시되자 서준이는 손가락으로 브이 자를 만들고 어설픈 표정을 지었다.

잠시 뒤 찰칵 소리와 함께 터진 카메라 플래시에 눈을 감았다 뜨자, 어느새 서준이는 낯선 테이블 앞에 앉아 있었다.

"이게 뭐지? 여기는 어디지?"

하얀 테이블에 빨간 의자 두 개. 서준이는 어느 작은 방에

와 있었다.

놀란 서준이는 벌떡 일어나 방 안을 둘러보았다. 사진관과 비슷한 형태로 한쪽 벽에는 풍선이 가득했고 한쪽에는 메모들이 가득 있었다.

'꿈인가? 도대체 여기는 어디야?'

볼을 꼬집어보았다. 아픔이 느껴지는 걸 보니 꿈은 아닌 듯했다.

서준이는 꿈이 아니라는 걸 깨닫자 빨리 나가야겠다는 생각에 자리에서 일어났다. 그때 방문이 열리며 한 여자가 들어왔다.

"어서 와요. 이곳에서 처음 만나는 손님이네요."

웃으며 들어오는 여자를 보며 서준이는 엉거주춤한 자세로 인사를 했다.

"안녕하세요. 여기는 어디인가요? 저는 사진을 찍고 있었는데."

"놀랐죠? 전 '스텔라의 무인 사진관'의 주인 스텔라예요. 이곳은 사진관 안쪽의 비밀의 방입니다. 학생은 이름이 어

떻게 되나요?"

"제 이름은 한서준입니다. 그런데 제가 왜 여기 비밀의 방에 있나요?"

스텔라는 웃으며 사진 한 장을 테이블 위에 올려놓았다.

"어? 이건 제가 방금 찍은 사진인데요."

"맞아요. 여기 서준 학생 가슴에 하트가 보이나요?"

서준이는 사진을 들어 얼굴 가까이 가져왔다. 분명 서준이는 무늬가 없는 하얀 티셔츠를 입고 있었는데, 왼쪽 가슴에 회색의 하트 모양 무늬가 찍혀 있었다.

"이건…."

혹시나 하는 마음에 다시 고개를 숙여 옷을 확인했지만, 아무것도 없었다. 손으로 가슴을 문질러보던 서준이에게 스텔라가 말했다.

"서준 학생의 마음의 색이에요. 저는 이곳에서 마음이 어두운 사람들의 고민을 들어주고 있어요."

"그럼, 상담 선생님인가요?"

"아니요. 그냥 이곳 주인일 뿐이에요. 스텔라라고 불러주세요. 잠깐 앉아 있을래요? 따뜻한 코코아 한 잔 타줄게요."

서준이는 학원에 가야 할 일이 걱정돼 얼른 나가야 한다고 생각했지만, 몸이 움직이지 않았다. 고민을 들어준다는 스텔라라는 사람이 궁금하기도 했다.

차들과 찻잔이 있는 문 옆의 테이블에서 코코아를 만들어 온 스텔라는 예쁜 컵에 담아 서준이 앞에 한 잔, 그리고 자신 앞에 한 잔을 내려놓았다.

"여기."

"고맙습니다."

"서준이는 무슨 고민이 있을까?"

따뜻하게 웃으며 말하는 스텔라를 보며 서준이는 잠시 머뭇거렸다. 알지도 못하는 사람에게 자신의 마음을 이야기해도 되는지 망설여졌다.

그런 서준의 마음을 아는지, 스텔라는 코코아를 마시며 서준이가 이야기를 꺼낼 때까지 기다렸다. 컵만 만지작거리며 주저하던 서준이는 천천히 이야기를 꺼냈다.

"학원을 많이 다니는 게 너무 힘들어요. 저는 책을 좋아

하거든요. 그렇다고 공부를 하고 싶지 않은 건 아니에요. 학원을 전부 다 가고 싶지 않다고 생각하는 것도 아니고요. 하지만 가끔은 책도 읽고 싶고, 축구도 하고 싶어요. 오늘같이 사진관에 들어와 친구들과 사진도 찍고 싶고요. 하지만 학원 시간이 촉박해서 학교를 마치면 바로 학원으로 가야 해요."

"그건 다른 친구들도 똑같지 않아?"

"그렇긴 하지만…. 다른 친구들이 한다고 저도 꼭 해야 하는 걸까요? 엄마한테 몇 번을 말해도 엄마 아빠는 날 위한 거라고만 해요. 나를 위해서 일하고, 나를 위해서 학원을 보내는 거라고. 제가 꼭 의사가 되어야 한대요."

"서준이 꿈이 의사야?"

"아뇨. 전 의사가 꿈인 적이 한 번도 없었는데, 어릴 때부터 엄마에게 들어온 이야기라 언젠가부터 당연하다고 생각했어요. 하지만 어느 날, 아주 재미있는 동화책을 읽고 난 뒤에 저는 동화책을 만들고 싶어졌어요. 어른도 읽을 수 있는 동화책."

"음, 너만의 꿈이 있구나. 그럼 네 의견을 제대로 얘기는 해봤니?"

서준이는 말없이 고개를 저었다. 제대로 의견을 이야기하는 건 어떻게 하는 걸까. 울기도 했고 화도 내봤고 짜증도 내봤지만, 그때마다 엄마는 무섭게 다그치기만 했다. 그래서 어느 순간부터는 엄마에게 말을 하는 게 어려워졌다.

"내가 좀 도와줄까?"

스텔라의 말에 서준이는 고개를 들었다.

"어떻게요?"

스텔라는 잠시 뒤쪽 선반으로 가더니 알이 없는 까만 뿔테 안경을 가져와 테이블 위에 올려두었다.

"내가 엄마라도 그냥 짜증만 내고 하기 싫다고 화만 내면 네 마음을 모를 것 같아. 나는 서준이가 자기 생각을 정확히 전달하는 게 먼저라고 생각해. 무엇을 생각하는지, 어떤 꿈이 있는지 말야. 그리고 서준이 네가 스스로 정한 약속을 지켜내는 아이라는 걸 부모님께 보여드리는 건 어떨까?"

"스스로 정한 약속?"

서준이는 의자를 당겨 스텔라 앞으로 바짝 다가가 앉았다.

"예를 들어, 학원을 가지 않을 때는 어떤 걸 하겠다, 이런 걸 말하는 거지. 어떤 것들인지는 서준이 네가 혼자 찾아야 하는 일이야. 나는 고민을 들어주지만 해결해 주지는 못하거든. 다만 조금은 도와줄 수 있어. 이 뿔테 안경을 사용해 봐."

"이건 사진 찍을 때 쓰는 소품 아닌가요?"

스텔라는 웃으며 뿔테 안경을 건네주었다. 안경을 받아든 서준이는 이 안경이 자신을 어떻게 도와줄 수 있을까 생각했다.

"네가 충분히 고민한 뒤에 엄마 아빠에게 이야기를 할 때 이 안경을 쓰고 해봐. 이 뿔테 안경은 용기를 내게 해주는 안경이거든."

서준이는 스텔라의 말이 어려웠다. 무슨 약속을 해야 하고, 무엇을 전달해야 하는 걸까. 이야기한다고 절대 들어줄 부모님이 아니라고 생각했다. 그리고 이 평범한 안경이 용기를 내게 해준다고?

"절대 들어주시지 않을 거예요."

"해보지도 않고 포기하는 거야? 지금부터 내일 이 시간까지 한번 생각해 봐. 네 마음을 가장 잘 아는 사람은 너일 테니까."

"조금 더 알려주시면 안 돼요? 도무지 모르겠어요. 그리고 이 안경이 진짜 용기를 준다고요?"

스텔라는 미소를 지으며 고개를 끄덕였다.

"알아낼 수 있을 거야. 서준이라면. 그리고 이 뿔테 안경이 진짜 용기를 줄지, 안 줄지는 직접 사용해 봐야 알겠지?"

스텔라는 자신이 도와줄 수 있는 건 여기까지라고 했다.

"이 문을 열고 나가면 다시 사진관으로 되돌아갈 거야."

서준이는 더 물어보고 싶은 게 있었지만, 말을 할 수 없었다. 어쩐지 스텔라의 말대로 스스로 찾아내야 할 것 같다는 생각이 들었다.

"스스로 한번 찾아내 볼게요. 오늘 이야기 들어주셔서 감사합니다. 혹시 다음에 다시 만날 수 있을까요?"

"서준이가 부모님을 설득하는 일에 성공한다면 만날 수

있지 않을까?"

"좋은 소식이 있으면 꼭 다시 와서 스텔라에게 말할게요."

"그래. 오늘 만나서 반가웠어. 저 문을 열고 나가면 사진관으로 돌아갈 수 있어."

서준이는 고개를 끄덕이고는 스텔라가 들어왔던 문을 열었다. 그러자 밝은 빛이 보였고, 눈을 감았다 뜨자 어느새 다시 사진기 앞에 서 있었다. 그리고 아까 찍었던 사진이 인쇄되어 나왔다. 사진 아래를 보니 아까 스텔라가 보여주었던 것처럼 왼쪽 가슴에 회색빛 하트 모양이 그대로였다. 멍하게 사진을 보던 서준은 아차 하는 생각에 핸드폰을 눌러 시간을 확인했다.

"스텔라랑 5분 정도 대화한 거 같은데, 벌써 한 시간이나 지났어? 엄마가 아시면 난리 날 텐데. 얼른 가자."

허둥지둥 가방과 사진을 챙겨 사진관을 빠져나왔다. 서준이는 학원으로 달려가다 갑자기 떠오르는 생각에 발길을 멈췄다.

'하고 싶은 꿈. 떼쓰지 않고 화내지 않고 엄마를 설득하는 방법.'

스텔라를 만난 이후 서준은 자꾸만 같은 말들만 생각났다. 결국 학원 가는 길을 포기하고 집 근처 문구점에 들어갔다. 이미 서준이의 머릿속에는 여러 가지 아이디어들이 떠오르고 있었다. 왜 갑자기 번뜩이는 생각이 났는지, 왜 갑자기 용기가 생긴 건지 모르겠다. 하지만 아무래도 지금 당장 해야 할 것 같다는 생각이 들었다. 사진을 찍고 남은 용돈으로 가장 큰 종이인 전지 다섯 장을 사고 기분 좋게 문구점을 나올 때, 핸드폰이 울렸다.

🗨 여보세요.

💬 너 대체 어디야? 학원 선생님이 전화했어. 거짓말할 생각하지 말고. 어디야? 너.

🗨 잠깐 다른 곳에 있다가 시간 가는 줄 몰랐어요.

💬 제정신이야?

🗨 죄송해요.

🗨 시끄러워. 보강해 주신다고 하니까 지금 얼른 뛰어가.

💬 엄마. 저 오늘 하루는 쉬면 안 돼요?

🗨 말도 안 되는 소리 하고 있어. 어서 가.


엄마의 매서운 목소리에 서준이는 순간 잠시나마 생겼던 용기가 사라졌다. 아무리 이야기해도 엄마에게 자신의 마음이 전달되지 않을 것 같았다. 하지만 스텔라의 말대로 쉽게 포기할 수도 없었다. 서준이는 돌돌 말린 큰 종이를 들고 결국 집으로 향했다.

아무도 없는 집에 들어가 방금 사 온 전지를 방 안에 잘 숨겨 두었다.

서준이가 집에 들어온 후 얼마 지나지 않아 퇴근한 엄마가 집으로 돌아왔다. 학원에 있어야 할 서준이가 집에 있자 엄마는 크게 화를 냈다.

"도대체 학원은 왜 안 간 거니? 엄마가 전화해 뒀다고 했잖아."

"오늘은 정말 가고 싶지 않았어요."

"학원은 선생님과 너의 약속이야. 그걸 네가 가기 싫다는 이유로 어기면 되겠어?"

"엄마와의 약속이지 저와의 약속이 아니잖아요."

"얘가 어디서 말대꾸야. 내일은 무조건 보강까지 하고 와! 어휴."

엄마는 더 이상 이야기하지 않고 방으로 들어가 버렸다.

그날 저녁 식사 시간, 아빠가 서준이에게 오늘 일에 관해 물었다.

"엄마 말로는 오늘 학원 안 갔다던데."

"네. 오늘 쉬고 싶었어요."

"그럼 엄마한테나 아빠한테 하루 전에 미리 말할 수도 있었고, 빠지기 직전에라도 전화할 수 있었잖아."

"죄송합니다."

"이번 한 번만이야. 엄마한테도 더 이상 이야기하지 말라고 할 테니 저녁 먹고 들어가서 숙제해."

"네."

서준이는 더 큰 소란 없이 끝나 다행이라는 생각이 들었다. 방으로 들어온 서준이는 숙제 책을 펴두고 그사이에 연습장을 올렸다. 그리고 연습장 몇 장을 찢어가며 무언가를 그리기도 하고 쓰기도 했다. 그렇게 서준이는 자신만의 발표회를 준비했다.

언젠가 엄마가 보던 드라마에서 많은 사람 앞에 서서 계획서를 발표하던 배우를 잠깐 본 적이 있다. 부모님을 설득하기에는 그 방법이 가장 좋을 것 같다고 생각했던 것이다. 떼쓰지 않고, 화내지 않고.

계획한 일을 정리하면서 순간순간 용기가 없어질 때마다 서준이는 뿔테 안경을 썼다. 그런데 신기하게도 안경을 쓸 때마다 몸이 뜨거워지는 기분이 들었다.

'온몸에 용기가 돌아다니나?'

서준이는 안경만 있으면 어떤 일도, 어떤 이야기도 할 수 있을 것만 같았다.

그날 이후 며칠은 평범한 시간을 보냈다. 그리고 모든 가족이 함께 모이는 토요일 저녁 식사 시간이 되었다.

"엄마, 아빠. 저 오늘 드릴 말씀이 있어요."

"무슨 말? 또 학원 끊어달라는 말?"

식탁에 수저를 놓던 엄마의 눈이 매섭게 변했다.

"밥 다 먹고 거실에서 말씀드릴게요."

"벌써 사춘기인가. 요즘 왜 이렇게 말을 듣지 않는지 모르겠네."

"일단 한번 들어보자고."

식사하는 동안에도 무슨 일이냐고 묻는 엄마의 말에 서준이는 대답하지 않았다. 그리고 식사가 끝난 후, 방으로 들어간 서준이는 발표에 쓸 종이를 챙기고 까만 뿔테 안경을 썼다. 거울을 보니 안경을 쓴 모습이 어색해 웃음이 나왔다.

"할 수 있다! 안경아, 스텔라, 도와줘."

밖으로 나간 서준이는 긴 봉에 둘둘 말린 종이를 들고 와 거실 텔레비전 앞에 걸었다. 며칠 동안 엄마에게 들키지 않고 틈틈이 준비한 것이었다.

서준이가 종이를 걸고 분주하게 움직이기 시작하니 엄마 아빠는 어리둥절한 표정을 지었다. 모든 준비가 끝나자 서준이는 걸어둔 종이 중 한 장을 넘기고 소파에 앉아 있는 엄마 아빠를 향해 서서 고개를 숙였다.

"이게 다 뭐야? 그 안경은 또 뭐니!"

"아빠, 엄마. 저는 아직 열세 살이고 하고 싶은 것도 많고 꿈을 꾸고 싶은 나이입니다."

"뭐?"

갑작스러운 서준이의 이야기에 소파에 등을 기대고 있던 엄마가 벌떡 일어났다. 아빠는 잠시 들어보자며 엄마의 손을 잡고 자리에 앉혔다.

"가기 싫다고 화내고 짜증만 내니 제 의견이 엄마 아빠께 제대로 전달되지 않은 것 같아요."

서준이는 안경을 손으로 쓱 올린 후 눈 하나 깜빡하지 않고 자신의 이야기를 이어갔다. 뿔테 안경의 효과인지, 떨리지도 않고 엄마의 표정이 무섭게 보이지도 않았다.

"원래는 드라마나 영화에서 나오는 것처럼 컴퓨터로 멋지게 준비해야 하지만 아직은 제가 컴퓨터를 제대로 할 줄 몰라서 이렇게 종이로 대신했습니다."

서준이는 말이 끝나자마자 종이의 앞부분을 한 장 더 넘겼다.

# [꿈 보고서]

"꿈 보고서?"

서준이가 펼친 첫 장에는 '꿈 보고서'라는 말과 '한서준'
이라는 이름이 쓰여 있었다.

"지금 학원 가기 싫어서 이러는 거야? 엄마가 분명 너를
위한 거라고 몇 번이나 말하지 않았니?"

"알아요. 저를 위한 거라는 거. 하지만 제가 원하지 않잖
아요."

"여보, 일단 서준이 이야기 좀 들어보자고."

화가 나 얼굴이 붉어진 채 일어난 엄마의 손을 잡고 아빠
는 다시 자리에 앉혔다. 서준이는 긴 막대를 들고 종이 뒷장
을 넘겼다.

"지금 제가 다니고 있는 학원들입니다. 영어, 영어회화,
수학, 국어, 과학, 한국사. 저는 학교가 끝나면 바로 학원으

 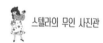

로 가고 모든 수업이 끝나고 집에 돌아오면 11시입니다. 그럼 바로 학교와 학원 숙제를 하면 1시가 다 되는 시간에 잠이 듭니다. 얼마 전 학교 도서관에서 청소년에 관한 책을 읽었는데, 제 나이에는 최소 10시 이전에 잠이 들어야 성장에 좋다고 씌어 있었습니다. 아홉 시간 이상은 자야 하는데, 저는 하루 여섯 시간 정도밖에 잘 수 없습니다."

"그래서 일요일에는 푹 쉴 수 있게 해주잖아!"

엄마는 화를 참는 듯 입술을 꾹 깨물었다.

"일요일 쉬는 날에도 저는 한자를 외웠습니다. 엄마는 휴식이라고 하지만 제게는 휴식이 아니에요."

아무 말 없이 듣던 아빠는 계속하라는 손짓을 했다. 서준이는 고개를 끄덕이고는 다음 장을 넘겼다. 엄마 아빠는 놀라지 않을 수 없었다. 자로 반듯하게 그어진 줄과 칸에 서준이의 의견이 빼곡히 담겨 있었다. 잘 보이도록 큼직하게 적은 것이, 무엇을 말하고자 하는지 한눈에 알아볼 수 있었다. 아빠는 어이가 없으면서도 웃음이 나왔다.

"이거 네가 다 쓴 거야?"

"네, 컴퓨터로 하는 것처럼 깨끗하진 않지만 긴 자로 줄을 그었어요."

"이렇게 하는 건 어디서 봤어?"

"가끔 엄마가 보는 드라마에서도 봤고, 책에서도 봤어요. 얼마 전 도서관에서 발표 잘하는 법에 관한 책도 읽었고요."

"흠. 계속 이야기해 봐."

서준이는 고개를 끄덕이고는 맨 위 칸부터 막대로 짚으며 자신의 이야기를 이어나갔다.

"그냥 하기 싫어서 학원을 그만두겠다는 말은 아니에요. 저는 어리지만 꿈이 있고, 꿈을 위한 공부를 하고 싶어요."

"네 꿈은 의사잖아."

엄마는 또 참지 못하고 서준이의 말을 가로막았다. 서준이는 엄마를 바라보았다.

"그건 엄마 꿈이잖아요. 저는 단 한 번도 의사라는 꿈을 꾸어본 적이 없어요. 제 꿈은 동화작가예요."

서준이는 대답하면서 마음이 아팠다. 한 번도 의사가 되고 싶다고 한 적이 없었는데, 엄마는 언제나 서준이의 꿈이

의사라고 단정 지어버렸다.

처음으로 엄마에게 '내 꿈은 의사가 아니다'라고 말한 순간이었다.

"작가가 돈을 많이 버는 것도 아니고, 유명한 글이 아니면 아무도 알아주지 않는데 작가가 꿈이라고?"

서준이 아무 말 없이 엄마를 바라보자 엄마는 말을 멈추었다. 어리다고만 생각했던 서준이 똑 부러지게 자신의 의견을 말하자 엄마도 아빠도 당황스러웠다.

"엄마 아빠는 제게 어릴 때 큰 꿈을 꾸라고 하셨잖아요. 큰 꿈이란 것이 꼭 돈을 많이 버는 일이라고는 생각하지 않아요. 자신이 좋아하는 일이 꿈이라고 생각해요."

잠시 조용해진 엄마와 아빠에게 서준이는 영어책 두 권을 건넸다. 두 권은 똑같은 책이었다.

"한 권은 영어 학원에서, 한 권은 영어 회화학원에서 쓰는 책이에요. 두 학원 다 같은 책을 사용하고요. 한 번 배웠던 걸 여러 번 해야 한다는 엄마 말이 맞지만, 같은 걸 두 학원에서 배우는 건 좋지 않다고 생각해요. 영어는 저도 계속 다니고 싶어요. 나중에 영어로 된 영어 동화책을 내고 싶기도 하고요."

"그럼 두 학원 중에 한 군데를 끊고 싶다는 거지?"

"네. 엄마 아빠는 저를 위해 돈을 벌고 저를 위해 학원을 보내신다고 하지만 같은 내용을 배우는 두 학원을 가는 건 돈도 아깝고 시간 낭비 같아요."

"시간 낭비? 그런 말도 알아?"

"책에서 봤어요."

아빠가 고개를 끄덕이자 서준이는 발표를 이어나갔다.

"그리고 영어 학원에서 수학도 같이 하니까, 한곳에서 같이 배울 수 있게 해주세요. 왔다 갔다 하는 시간을 절약할 수 있으니까요. 지금 영어 학원과 수학 학원 수업 시간이 조금 겹쳐서 영어 수업이 늦게 끝나면 수학 학원에 도착했을 때 앞부분 수업을 못 듣는 경우도 많아요."

처음부터 발표조차 하지 못하게 막아설 줄 알았던 아빠의 표정이 점점 밝아지는 걸 보자 서준이는 더 용기가 생겼다. 서준이는 곧이어 막대로 두 번째 줄을 짚었다.

스텔라의 무인 사진관

"과학은 학교 수업으로도 아직은 충분히 따라갈 수 있어요. 엄마는 중학교 과정을 일찍 배워야 한다고 하시지만 중학생 돼서 부족하면 그때 제가 스스로 가겠다고 말씀드릴게요. 대신 과학 문제집을 두 권 사주세요. 매일 배운 만큼 복습할게요. 제가 먼저 드리는 약속이니 꼭 지킬 수 있어요."

서준이의 당돌한 말에 엄마 아빠는 말문이 막혔다. 서준이의 목소리와 말은 점점 또렷해졌고 신이 난 듯 발표를 이어나갔다.

"그리고 한국사랑 국어는 책으로 배우고 싶어요. 사실, 좋은 선생님들께 배워서 문제는 쉽게 풀 수 있지만 어려운 글을 읽을 때는 이해가 안 돼요. 오히려 책에서 배우는 게 더 많다고 생각해요."

"너는 지금 네가 어리다고 하지만 지금부터 해야 중고등학교에 가서 고생하지 않고 공부할 수 있어. 그런데 그 좋은 길을 엄마랑 아빠가 알려주는데도 싫다는 거야?"

아빠는 차분한 말투로 서준이에게 말했다.

"제 생각에는 제가 학원에서 얻는 지식보다 책을 통해 얻는 지혜가 더 많다고 생각했어요. 공부하는 방법 역시 책에서 배우는 게 더 많았고요. 그리고 특히 역사는요, 학원에서는 무조건 외우라고만 하는데 책에서는 그 일이 일어난 이유와 재미있는 이야기들이 많아서 저는 오히려 더 기억에 남았어요. 사건이 일어난 연도도 마찬가지고요. 무조건 외우는 것만이 좋은 건 아닌 것 같아요."

서준이의 말에 아빠는 고개를 끄덕였다. 딱히 틀린 말이 없기에 아빠는 더 이상 이야기하지 않았다. 서준이는 종이 한 장을 더 넘겼다.

"이건 제가 앞으로 할 계획서예요."

서준이는 하루의 일과와 일주일의 계획을 적어둔 쪽을 펼쳤다.

"먼저 아까 말씀드렸던 영어와 수학 학원은 계속 다니겠습니다. 학교 마치고 영어, 수학을 하고 오면 6시. 저녁 먹고 7시부터 한 시간에서 한 시간 반 정도는 그날 배운 수업 복습과 숙제를 할게요."

"만약 모르는 문제가 있으면?"

 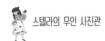

"학교 선생님께 여쭤볼 거예요. 만약 학원을 끊은 이후에 못 하게 되면 그때는 다시 다닐게요. 그리고 남은 시간은 책을 읽게 해주세요. 밤늦게까지 읽지 않고 10시 안에는 잠들 수 있도록 할게요. 책도 역사나 과학에 연관된 책을 많이 읽도록 하겠습니다. 그리고 주말은 친구들이나 가족들과 함께 보내거나 책을 읽거나, 혹시나 부족한 공부가 있으면 미리 할게요. 만약 지금 약속드린 부분을 세 번 지키지 않았을 때는 원래대로 학원을 모두 다닐게요."

"세 번?"

"네."

엄마는 절대 안 된다며 다그쳤다.

"안 돼. 겨우 이런 거 만들어서 엄마 아빠를 설득할 수 있다고 생각했어?"

"엄마. 많은 학원에 다니는 지금은 행복하지 않아요. 모두 다니지 않겠다고 한 건 아니잖아요."

"싫은 것도 해야 할 시기가 있는 거야."

"저도 알지만…."

그때 아빠가 엄마의 손목을 잡았다.

"좋아. 대신 서준이 네가 말한 대로 딱 세 번이다. 지키지 못하면 무조건 다시 학원으로 가야 해. 그리고 하나 더. 학교에서 매 단원이 끝나면 단원 시험을 치지?"

"네."

"단원 시험에서 세 번 이상 80점 밑으로 내려간다면 그때는 엄마가 정했던 곳으로 다시 가야 한다. 알겠지?"

"여보!"

엄마는 아빠를 향해 소리를 질렀다.

"서준이는 일단 방으로 들어가. 아빠 엄마 얘기 좀 나눠 볼게."

"네."

서준이가 종이를 걷어 들어가려는데 아빠는 그냥 두라고 했다. 서준이는 "네."라고 대답한 후 막대만 들고 방으로 들어왔다. 막상 발표할 때는 떨리지 않았는데, 끝내고 나니 손이 덜덜 떨렸다.

"후…. 잘한 걸까? 안경을 쓰고 했는데도 가슴이 떨렸어.”

서준이는 거울을 바라보았다. 스텔라가 말한 용기를 주는 뿔테 안경. 이 안경이 없었다면 부모님께 아무 말도 하지 못했을 것 같았다. 안경을 책상 위에 벗어놓고 마음을 진정시키고 있는데, 아빠가 부르는 소리가 들렸다. 거실로 나가니 엄마는 화가 풀리지 않았는지 안방으로 들어가신 것 같았다. 아빠의 손짓에 서준이는 아빠 옆에 앉았다.

“오늘 아빠가 서준이 모습 보고 좀 놀랐어. 이렇게까지 준비해서 엄마 아빠를 설득하려고 하는 걸 보고 다 컸다 싶었고. 우선 엄마와 상의했는데, 딱 석 달만 서준이 말대로 해보기로 했어. 대신 석 달 동안 지켜지지 않거나 변화가 없다면 엄마 아빠 말에 따라야 해. 알겠지?”

당연히 안 된다고 할 줄 알았는데, 아빠의 말에 서준이는 뛸 듯이 기뻤다. 석 달이라는 기간이 정해졌지만, 그것만으로도 성공했다고 생각했다.

“정말요?”

“그래. 대신 아빠도 부탁이 하나 있어.”

"부탁이요?"

서준이는 혹시나 하는 마음에 고개를 숙였다. 자신이 지킬 수 없는 부탁을 해서 학원에 계속 보내려는 건가 싶었다. 그런데 다음에 이어진 아빠의 말은 뜻밖이었다.

"서준이, 아빠 야구 좋아하는 거 알지? 토요일은 네 개인 시간이긴 하지만 가끔 아빠랑 엄마랑 야구 보러 가주기. 어때?"

서준이는 금세 밝은 얼굴로 아빠에게 꼭 그러겠다고 웃으며 약속했다.

"진짜요? 정말이죠, 아빠?"

"그래. 엄마가 지금은 저렇게 화내도 서준이 스스로 하는 걸 보여주면 변할 거야. 엄마 아빠는 서준이 네 행복이 우선이니까."

"감사합니다. 잘할 수 있어요. 아빠, 그럼 저랑 내일 서점에 가서 책 한 권만 사주세요."

"몇 권도 되지! 일단 엄마한테 들어가 봐. 서준아, 엄마도 네가 잘됐으면 하는 마음에 그러는 거니, 그 마음도 이해해

주렴."

서준이는 고개를 끄덕이고 안방으로 갔다.

똑똑.

노크 소리에도 아무 대답이 없자 서준이는 조심스레 문을 열었다. 침대에 앉아 있던 엄마는 서준이를 보자 등을 돌렸다.

"엄마…."

"너를 위해 열심히 공부하라는 게 그렇게 힘든 일이야?"

엄마는 몸을 돌려 앉으며 서준이에게 말했다. 눈물은 흘리지 않았지만, 꼭 우는 것 같은 목소리였다.

"엄마. 엄마 마음 알아요. 그런데 한 번만 믿고 지켜봐 주세요."

"어휴."

한숨을 푹 내쉬던 엄마는 서준이의 얼굴을 가만히 바라보았다.

"대신 딱 석 달이야. 시험 점수가 내려가거나 하면 바로 다시 학원 가야 하고."

"네!"

서준이는 엄마의 목을 감싸 안았다. 엄마는 저리 가라며 밀쳤지만 이내 서준이처럼 함께 안아주었다. 서준이는 자신의 힘으로 엄마 아빠를 설득했다는 생각에 뿌듯했다. 왜 매번 짜증만 내고 이렇게 해볼 생각을 못 했을까.

서준이는 방으로 돌아와 천천히 하루의 일과표를 다시 작성했다. 스스로 꼭 지킬 수 있는 일과표.

다음 날, 서준이는 아빠의 손을 잡고 서점으로 향했다.

"이 두 권이면 돼?"

"네. 나머지는 도서관에서 빌려 보면 돼요."

결제한 아빠는 책이 들어 있는 봉투를 서준이의 손에 쥐여주었다. 서준이는 서점을 나와 집으로 가기 위해 차에 올라탔다.

"아 참. 아빠, 여기서 잠시만 기다려 주세요!"

서준이는 혹시나 하는 마음에 챙겨 왔던 안경을 들고 차에서 내려 사진관으로 뛰어갔다. 사진기 안으로 들어가 돈을 넣으려고 할 때 밝은 빛이 나더니 알 수 없는 힘이 서준

이를 스텔라의 방으로 데려갔다.

"헉. 스텔라. 저 돈도 아직 넣지 않았는데."

서준이 들어가자 테이블 앞에 스텔라가 앉아 있었다.

"이게 어떻게 된 일이죠?."

"서준이가 오는 걸 알고 있었지. 일은 잘 해결됐어?"

"네. 다 스텔라가 준 이 안경 덕분이에요. 돌려드리려고 왔어요."

"와, 잘됐다! 앞으로도 누군가에게 너의 말을 설득하려고 할 때 떼쓰지 말고, 화내지 말고 이번처럼 차분히 너의 생각을 말하렴. 그리고 안경은 선물이야. 언제든 용기가 필요할 때 사용해."

"네. 정말 고마웠어요. 스텔라."

그때 밖에서 '빵' 하는 소리가 들렸다.

"아빠 기다리시겠다. 스텔라, 저는 이만 가볼게요. 다음에 또 만날 수 있을까요?"

"글쎄. 언제든 만날 수 있지 않을까?"

"네. 또 올게요! 안녕히 계세요. 감사합니다."

서준이는 스텔라에게 손을 흔들며 문을 열었다. 다음에 또 오겠다고 했지만, 그 후론 스텔라를 볼 수 없었다. 서준이의 마음에 더 이상 회색 하트가 생기지 않았기 때문에.

그 뒤로 서준이는 어떤 문제가 생기면 좌절하거나 포기하기보다는 스스로 고민하고 해결책을 찾아나갔다. 혹시 자신만의 힘으로 부족하면 엄마와 아빠의 조언을 듣기도 했고, 책을 찾아보기도 했다.

"서준이 엄마 진짜 대단해. 어떻게 학원을 다 끊을 생각을 했어? 이번에 서준이 독후감으로 또 상 받는다며? 교내 글짓기 대회에서는 상을 휩쓸고."

아파트 입구 앞에서 서준이 엄마가 아줌마들에게 둘러싸여 있었다.

"서준이가 워낙 책을 좋아해서요. 자기가 하고 싶은 걸 하는 게 더 좋을 거 같아서 다 끊었어요. 서준이가 가겠다는 곳만 다니고요. 호호호, 책 읽을 시간이 없다길래."

"그래도 대단해. 부러워요, 서준 엄마."

서준이는 그날 이후 자신이 계획한 일을 하나도 빠지지 않고 실천해 나갔다. 하루 이틀이면 끝날 것 같던 서준이의 한결같은 행동에 엄마도 응원해 주게 되었다. 서준이는 백일장에 나가 항상 상위권을 차지했고, 학교 공부도 전혀 뒤지지 않았다.

　또 엄마 아빠 앞에서 했던 발표 이후 서준이는 학교에서 발표왕이 되었다. 책으로 컴퓨터도 배우면서 이젠 그림이 아니라 컴퓨터로도 발표 자료를 만들 수 있게 되었다. 그리고 주말이면 엄마 아빠와 야구장을 가거나 박물관 등에도 다니곤 했다. 행복한 시간을 보내면서도, 가끔 힘이 들거나 게을러질 때마다 생각했다.

　자신에게 용기를 준 스텔라와 뿔테 안경을.

## 2.

# 친구야 미안해, 토끼 머리띠

"나는 가발 쓸게."

"나는 그럼 토끼 머리띠."

지아와 민서, 예원. 세 친구는 사진관 거울 앞에서 각자 꾸미느라 정신이 없었다. 서로의 모습을 보고 웃기도 하고, 서로 머리를 만져주기도 했다.

"들어가서 찍자."

민서가 사진기 안으로 들어가자 지아와 예원이도 따라 들어갔다. 세 사람은 여러 포즈로 사진을 찍고는 만족스러운 표정을 지었다.

"우리 셋 너무 이쁘게 나왔다. 그치? 프사 이걸로 바꿔야
겠다."

"우리도 여기 메모 남기고 갈까?"

"좋아!"

지아는 펜을 들고 포스트잇 위에 세 사람의 이름을 적었다.

[지아, 민서, 예원. 우리 우정 영원히.]

그러고는 가장 잘 보이는 가운데에 포스트잇을 붙였다.


유치원 때부터 친구인 세 사람은 싸운 적도 없고 학교와
학원에서도 늘 함께 붙어 다녔다. 그렇게 가장 친했던 셋 사
이가 흔들리기 시작한 건 6학년 개학날부터였다. 방학 동안
연락이 잘 되지 않던 민서는 지아와 예원이를 불편해하기
시작했다. 지아와 예원이가 몇 번 대화해 보려고 했지만, 민
서는 "그냥."이라는 말로 두 사람을 피하곤 했다. 방학이 끝

나고 지아와 민서는 같은 반이 되었지만 여전히 둘 사이는 어색했다.

첫날 수업이 끝난 후 답답했던 지아가 먼저 민서에게 다가갔다.

"민서야. 왜 자꾸 우리 피해? 나랑 예원이가 뭐 잘못했어?"

민서는 지아와 눈을 마주치지 않았다.

"그런 거 없어."

"그럼 왜 그러는데."

"뭐가."

민서는 가방을 메고 그대로 나가려고 했다. 지아가 민서를 잡으려던 순간, 민서의 핸드폰이 바닥에 떨어지고 말았다.

"아, 미안."

짜증이 난 민서는 인상을 쓰고는 자신을 부르는 지아를 밀치고 가버렸다. 그리고 그다음 날부터 민서는 지아를 괴롭히기 시작했다. 처음에는 짜증을 내거나 화를 내는 게 전부였지만 시간이 지나면서 어깨를 치고 지나가거나 슬쩍 발을 밟기도 했다. 참다 못한 지아가 화를 낸 뒤부터는 더 괴롭혔다. 그러나 반 친구들은 지아를 도와주지 않았다. 지아가 민서의 핸드폰을 일부러 바닥에 던졌다는 말이 퍼졌기 때문이다.

핸드폰 때문에 짜증이 나 괴롭히기 시작했지만, 민서는 혼자가 된 지아에게 조금 미안한 마음이 들었다. 하지만 자기 편을 들어주는 반 아이들의 반응에, 마음과는 달리 점점 더 심하게 괴롭히게 되었다. 옆에서 부추기는 친구들도 있었다. 그리고 시간이 지날수록 지아에게 미안했던 마음도 조금씩 사라져갔다.

지아에게는 개학 후 일주일 동안이 지옥 같은 시간이었다.

"야. 넌 왜 이렇게 꼬질꼬질해? 씻고는 다녀?"

"야. 김민서. 말이 너무 심하잖아!"

"풉. 심하긴. 웃기지 마. 어휴, 냄새."

민서는 코를 쥐고 손을 흔들었다. 그러자 옆에 있던 친구들은 깔깔거리며 웃었다. 지아는 결국 책상에 얼굴을 묻고 울어버렸다.

"민서야, 그런데 너 지아랑 친하지 않았어?"

그때 옆에 있던 친구가 민서에게 물었다.

"아니. 저런 냄새 나는 애랑 내가 왜? 쟤가 예전에 날 엄청나게 괴롭혔거든. 내 핸드폰도 망가뜨리고."

민서는 자신도 모르게 거짓말을 해버렸다.

"김민서! 내가 언제 그랬어?"

지아가 울면서 민서에게 물었다.

"저, 전에. 네가 친구들한테 나랑 놀지 말라고 하면서 괴롭혔잖아."

지아는 아니라고 말하고 싶었지만 수군대는 주변 친구들의 모습을 보니 용기가 나지 않았다.

"냄새나는 더러운 애 주제에."

지아는 민서의 말에 대꾸도 못 하고 울기만 했다.

유치원부터 지금까지 한 번도 떨어져 본 적 없던 우리가 어떻게 이렇게 되었을까. 지아는 몇 번이고 이유라도 알고 싶다고 했지만, 민서는 아무 말도 하지 않았다.

지아도 처음 괴롭힘을 당할 때는 민서의 말에 맞받아쳤

지만, 점차 반 친구들이 함께 괴롭히니 더는 싸울 힘이 없었다.

수업 종이 울린 후 교실로 들어온 담임 선생님이 울고 있는 지아를 앞으로 불렀다.

"지아야. 왜 울어?"

"친…구들이…. 냄새난다고 자꾸 놀려서요."

"음, 지아 놀린 친구가 누구예요?"

담임 선생님은 단호한 말투로 학생들을 바라보았다. 그때 남자아이 한 명이 김민서라고 외쳤다. 선생님은 민서를 함께 앞으로 불렀다.

"민서야. 지아를 놀린 이유가 있어?"

"냄새나서요."

"어떤 냄새?"

민서는 선생님의 말씀에 당황했다. 진짜 냄새가 나서 놀렸다기보다는 그저 괴롭히고 싶어서 한 말이라, 뭐라고 대답해야 할지 몰랐다. 선생님은 잘못한 부분에 대해 민서에게 차분히 설명했다. 하지만 민서는 사과하고 싶지 않았다.

다른 친구들이 보고 있는데 사과를 하면 친구들이 떠날 것만 같았다.

"진짜 냄새가 나서 냄새가 난다고 했어요. 그리고 저만 그런 것도 아닌데요."

민서는 친구들을 바라봤지만 모두 고개를 숙이고 있었다.

"그럼 선생님이 부모님께 연락을 드리고 지금 상황을 설명해 드릴 수밖에 없어. 물론 지아 부모님께도."

부모님이라는 말에 민서는 움찔했다. 세상에서 제일 무서운 사람이 엄마였던 민서는 그제야 잘못했다고 말했다.

"죄송합니다."

"사과는 선생님이 아니라 지아한테 해야지."

"미…안해."

미안하다고 말하면서도 민서는 지아를 노려보았다. 지아는 마지못해 민서의 사과를 받았지만, 마음이 풀리지는 않았다.

다음 날, 학교에 오자마자 민서는 지아의 자리로 와 의자를 발로 걷어찼다.

"선생님께 이르니 좋았냐?"

"왜 또 이래? 내가 이른 거 아니잖아."

지아는 또다시 지옥이 시작됐다는 생각에 눈물이 고였다. 그때 교실로 예원이가 들어왔다. 예원이는 화가 난 듯 걸어와 민서의 앞에 섰다.

"너 왜 지아 괴롭혀? 지아가 한번 말하긴 했지만 설마 설마 했는데. 어떻게 네가 이럴 수가 있어?"

"뭐?"

민서는 왜 괴롭히냐며 막아서는 예원이에게 당황했다. 하지만 반 친구들이 도와줄 거라고 생각했다. 지금은 지아에게 다른 친구가 없으니까.

"왜 괴롭히냐고. 아니 지금까지 왜 괴롭혔냐고. 우리가 몇 번이나 연락할 때는 말도 없더니. 이게 무슨 짓이야."

"왜라니? 냄새가 나니까."

"냄새라니? 너 어떻게 그런 말을 해?"

"사실이니까."

예원이는 민서를 노려보다 지아의 옷에 코를 대고 킁킁

거렸다.

"향기 나는데?"

민서는 아무 말도 못 하고 가만히 서 있었다. 그러자 예원이는 민서의 옷에 코를 대고 또다시 킁킁거렸다.

"뭐야, 냄새는 너한테 나는데? 너 안 씻었어?"

"뭐…. 뭐?"

"웃긴다. 너."

"누가 그래! 그리고 넌 왜 맨날 지아 편만 들어?"

"내가 무슨 지아 편만 든다고 그래. 지금 네가 지아 괴롭히는 거 맞잖아. 그것도 같은 반 되자마자! 처음엔 네가 우리한테 서운한 게 있겠지, 하고 기다렸어. 단톡방도 말도 없이 나가길래 그래도 돌아오겠지 했어. 그런데 이렇게까지 심하게 괴롭히는 줄 몰랐어. 실망이야. 그리고 너네도 똑같아!"

민서 옆에 있던 다른 친구들에게도 예원이가 화를 냈다. 불같은 예원이의 말에 옆에 있던 친구들은 아무런 대답도 하지 못했다.

 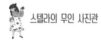

"나도 너희한테 실망이야. 너희 둘을 위해 내가 빠져줬는데 뭐가 불만이야?"

"빠지긴 뭘 빠져. 우리가 언제 너 빼고 뭐 한 적 있어?"

예원이와 민서의 목소리는 점점 커졌고 결국 반 아이들이 다 모여들게 됐다.

"됐어. 너희랑은 이제 절교니까. 고지아 냄새나는 거, 우리 학교 애들이면 다 아는 건데."

"네가 더 난다고. 유치하게. 우리가 몇 년을 친군데 이런 식으로 행동해? 됐고. 나랑 지아도 이제 너랑은 끝이야."

예원이는 지아의 손을 잡고 나가려다 다시 돌아와 민서 앞에 섰다.

"또 괴롭히기만 해. 그땐 나도 가만히 안 있어."

예원이의 말에 주변의 친구들도 모두 조용하게 지켜봤다. 지금까지 민서가 지아를 괴롭힐 때 옆에서 같이 거든 친구들도 있지만 지아가 불쌍하다고 생각했던 친구들도 있었다.

예원이와 지아가 교실을 빠져나가자 친구들은 민서를 둘

러쌌다.

"김민서. 너 지아랑 친한 적 없었다며. 그럼 찐친이었는데 지금까지 괴롭힌 거야? 왜?"

"찐친은 무슨, 찐따지. 그리고 너네도 같이 했으면서 왜 나한테만 그래?"

민서는 주변의 친구들에게 화풀이하듯 소리를 질렀다. 그러자 같이 괴롭히던 친구들이 민서를 둘러쌌다.

"지아가 너 괴롭히고 왕따시키고 했다며. 들어보니 그것도 거짓말 같은데."

"거짓말이든 아니든 알 게 뭐야. 그리고 너네도 같이 했으면서 왜 나한테만 그래? 가만히 있던 너희들도 방관자 아니야? 똑같은 거지. 고지아 얘기는 그만하고, 오늘 무인 사진관 갈 사람!"

민서는 아무렇지도 않게 손을 들어 올렸지만, 함께 손을 든 사람은 없었다. 민서를 노려보고 가거나 귓속말을 나누며 자신의 자리로 돌아갔다. 머쓱해진 민서는 손을 내리고는 다음에 가자, 라며 어색한 미소를 짓고는 자리에 돌아가 앉았다.


그날 이후 반 아이들의 태도가 바뀌었다. 쉬는 시간마다 찾아오는 예원이 덕에 지아는 더 이상 괴롭힘을 당하지 않았고, 민서와 함께 지아를 괴롭혔던 아이들도 하나둘 미안했다며 사과했다. 오히려 민서는 찐친을 괴롭혔다는 소문에, 가깝던 친구들마저 멀어져 외톨이가 되어갔다. 하지만 민서는 친구들이 다시 자기 말을 믿어줄 거라고 생각했다.

수업이 끝난 후 민서는 가방을 챙기고 있는 수빈이에게 다가가 팔짱을 끼며 말했다.

"수빈아, 오늘 마치고 떡볶이 먹으러 갈래?"

수빈이는 당황하며 민서의 팔을 풀었다.

"미안, 나 오늘 다른 애들이랑 놀기로 해서."

"나도 같이 가면 안 될까?"

수빈이는 난처한 듯 아무 말도 하지 못하다가, 자기를 부르는 소리에 가방을 메고는 빠르게 교실을 빠져나갔다. 교실 밖에서 기다리던 친구들은 수빈이가 나오자 민서를 한

번 쳐다보고는 그냥 가버렸다.

민서는 텅 빈 교실에 혼자 남았다.

'왜 다들 나만 미워해.'

눈물이 나려고 했지만, 민서는 꾹 참았다.

혼자 교실을 나와 집으로 돌아가는 길에 지아와 예원이가 보였다. 민서는 웃으며 걸어가는 두 사람을 보자 예전에 매일 붙어 다니던 셋의 모습을 떠올렸다. 민서는 지아와 예원이만 있으면 언제나 행복했다. 엄마보다도, 아빠보다도 편하고 좋았던 친구들이었다.

그러다 작은 서운함이 생겨 커졌고, 그것이 한번 마음을 괴롭히기 시작하니 자신도 모르게 자꾸만 더 심해졌다. 처음 괴롭힐 때 떨리던 마음은 시간이 갈수록 아무렇지 않아졌고, 점점 습관처럼 지아를 괴롭히게 되었다. 진작 말했다면 이런 일이 생기지 않았을 텐데. 민서는 후회가 되었다.

속상한 마음에 걷고 또 걸었다. 얼마나 걸었을까. 그때 민서의 눈에 셋이 함께 갔던 사진관이 보였다. 민서는 아무도 없는 걸 확인하고는 사진관으로 들어갔다. 소품이 걸려 있

 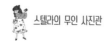

는 곳을 보자 셋이서 웃으며 고르던 게 생각났다.

민서는 혹시나 하는 마음으로 예전에 셋이 함께 썼던 메모를 찾아보았지만 이미 사라졌는지 아무리 뒤져도 보이지 않았다.

그때 한 무리의 아이들이 들어오자 민서는 숨듯이 사진기 안으로 들어갔다.

"우리 오늘 이쁘게 찍자."

"그래. 이제 곧 졸업인데 중학교가 달라질 수도 있고….
그래도 우리 우정 영원하기다!"

옆 기계 쪽에서 들리는 아이들의 소리에 민서는 자신도 모르게 고개를 숙였다.

'우리도 저럴 때가 있었는데.'

친구도 없이 사진기 안에 숨어 있는 자신이 초라하게 느껴졌다. 민서는 사진기를 보니 예원이와 지아와 함께했던 시간이 그리웠다.

'그렇게 괴롭혀 놓고. 절대 용서해 주지 않을 거야.'

정신을 차리려는 듯 고개를 강하게 저은 민서는 빨리 사진관을 나가고 싶었다. 하지만 점점 많은 사람들의 소리가 들리자 나갈 수가 없었다. 혼자 온 자신을 보면 어떻게 생각할지 걱정이 되었다. 고민하던 민서는 결국 가방에서 지폐를 꺼내 기계에 넣었다.

'그래, 사진 찍고 가지 뭐. 나 혼자 찍으면 돼. 친구 따위 필요 없…'

버튼을 누르려고 하자 참고 있던 눈물이 왈칵 쏟아져 나왔다. 그때 플래시가 번쩍였고 깜짝 놀라 눈을 감았다 뜨자 어느새 민서는 낯선 방에 앉아 있었다.

"여기가 어디야."

방 안에는 아무도 없었다. 놀란 채 자리에서 일어난 민서는 주위를 둘러보았다. 사진관과 비슷하게 꾸며놓은 작은 방. 한쪽엔 풍선이 가득했고 한쪽은 메모들로 꽉 차 있었다. 메모들을 훑어보던 순간, 아까 찾지 못했던 예전의 메모가 보였다.

"이게 왜 여기 있지?"

 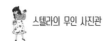

메모를 보고 민서는 놀란 마음도 잊은 듯 포스트잇을 떼어내 천천히 읽어 내려갔다. 그때 문이 열리고 긴 갈색 머리의 여자가 들어왔다.

"어서 와."

민서는 갑작스러운 스텔라의 등장에 놀라 고개를 숙였다.

"안녕하세요. 함부로 들어와 죄송합니다. 여기가 어디인가요."

"안녕. 나는 스텔라라고 해. 사진관 주인이지."

스텔라는 민서에게 앉으라고 했다.

"코코아 한 잔 마실래?"

"네? 네⋯."

모든 상황이 당황스러웠지만 어쩐 일인지 처음 보는 스텔라가 편하게 느껴졌다. 스텔라는 뒤쪽 선반에서 가져온 찻잔을 민서 앞에 놓아주었다.

스텔라와 민서는 작은 테이블에 마주 보고 앉았다.

"이름이 뭐야?"

"김민서라고 해요."

"그 메모 민서가 쓴 거야?"

"네. 예전에 친구들과요."

"그 친구들과 같이 오지, 왜 혼자 왔어?"

스텔라의 말에 민서는 아무 말도 하지 못하고 손만 비비며 울고 말았다. 그런 민서를 스텔라는 가만히 바라보았다. 조금 진정이 된 민서는 스텔라에게 지아와 예원이에 관한 이야기를 털어놓았다. 어릴 때부터 친했던 이야기와 최근의 괴롭힘까지.

"근데 민서야. 여기 네 사진 보이니?"

민서가 받아 든 사진에는 곧 울 것 같은 모습으로 서 있는 자기 자신이 있었다. 그리고 가슴엔 회색 하트가 보였다.

"가슴에….."

"가슴에 회색 하트가 보이지? 이게 지금 네 마음 색깔이야. 너는 어땠어? 지아를 괴롭힐 때 말이야. 그냥 기분이 좋았어?"

민서는 고개를 저었다.

"아니요. 사실 좋지 않았어요. 괴롭히면서도 이러면 안

되는데, 내가 왜 이럴까 생각했어요. 당장에라도 지아를 찾아가서 사과하고 싶다고 몇 번이나 생각했었어요."

"그래서 지금 민서의 마음이 어두운 거야. 만약 지아라는 친구를 괴롭힐 때 기분이 좋았다면 이 하트는 나타나지 않았겠지. 너도 멈추고 싶었지? 근데 멈춰지지 않지?"

"…네. 처음에는 심장이 터질 것처럼 무서웠지만 어느 순간부터는 재미있기도 하고, 그러다 또 슬프기도 했어요. 그리고 반 친구들이 제 편을 들어주니 더 심하게 하게 되었고요."

스텔라는 코코아를 천천히 한 모금 마신 뒤 찻잔을 내려놓았다.

"누군가를 괴롭히는 게 그래. 처음엔 움찔하다가도 어느 순간부터는 잘못됐다는 생각을 잊게 돼. 당연하게 생각되고 더 심해지고. 하지만 그건 잘못된 거야. 누군가에게 상처를 준 사람은 결국엔 자기가 다 되돌려 받는 법이니까."

"이미 되돌아온 것 같아요. 친구들이 저를 피하거든요. 벌 받는 걸까요? 하지만 어떻게 해야 할지 모르겠어요. 이제 와서 사과한다고 지아가 받아줄 것 같지도 않고…."

민서의 마음은 진심이었다.

"그런데 지아라는 친구를 괴롭힌 이유가 있었어?"

"처음엔 예원이랑 지아가 저만 빼놓고 노는 게 서운했어요. 솔직히 말해야지, 하다가 이야기할 때를 놓쳐버렸어요. 그러다 제가 피하면서 점점 멀어졌고 그러지 말아야지 하면서도 자꾸만 그 아이를 보면 화가 났어요. 괴롭혀도 딱히 반항도 안 하니까 점점 더 심해지고…."

"그래서 어른들이 한 번이 어렵지, 두세 번은 쉽다고 하는 거야. 어릴 때 아이들이 아무것도 모르고 남의 것을 가져가면 어른들이 남의 물건은 가져가는 게 아니라고 가르치잖아. 아이들은 아직 배우지 않아서 모르지만, 배우고 나서는 그게 나쁜 짓이라는 걸 알게 되지. 하지만 만일 배우지 않았다면 아무렇지 않게 남의 것을 계속 가져가게 되겠지? 나는 이번 기회로 민서가 무언가를 배웠다고 생각해. 남을 괴롭히는 게 얼마나 나쁜 일인지. 또 그 일이 훗날 자신에게 어떤 영향을 줄지."

민서는 고개를 숙이고 조용히 생각했다.

"제가 왜 이렇게 됐는지 모르겠어요."

"친구들에게 서운한 마음, 충분히 알지. 하지만 이제 여기까지. 친구를 괴롭히는 일은 나쁜 일이라는 것, 그리고 자신에게 되돌아온다는 걸 배웠으니 반성하면 돼. 그리고 반복하지 않으면 돼."

민서는 고개를 끄덕였다.

"친구들과 화해할 수 있을까요? 많이 괴롭혔는데 저를 용서해 줄까요?"

"민서의 말을 들어보니 좋은 친구들 같은데, 진심으로 사과하면 용서해 주지 않을까? 시간이 더 지나면 영영 되돌릴 수 없을 거야."

민서는 지아와 예원이가 자신의 사과를 받아줄지 걱정되었다.

"이거 가져가렴."

스텔라는 아까 찻잔을 가져왔던 선반에서 토끼 머리띠 세 개를 가져와 민서 앞에 내밀었다. 예전에 셋이서 사진을 찍었을 때 지아가 썼던 머리띠와 같은 것이었다.

"이걸… 제가 가져가도 되는 거예요?"

"응. 내가 주는 선물이야. 반성의 머리띠."

"반성이요?"

"응. 민서가 친구들에게 사과할 용기가 필요할 때, 그리고 진심으로 반성하는 마음을 전할 때 도움이 될 거야."

민서는 머리띠를 꼭 쥐었다.

"감사합니다. 누군가를 괴롭히는 것도, 그 일로 친구를 잃는 것도 정말 힘든 일이에요. 가서 지아를 만나야겠어요. 그리고 진심으로 사과할게요."

"다행이다. 멋지네. 자기 잘못을 반성하는 사람만큼 멋진 사람은 없어. 얼른 가봐."

스텔라는 친구들과 꼭 함께 사진 찍으러 오라는 말과 함께 민서에게 돌아가는 방법을 알려주었다.

민서는 스텔라에게 인사를 하고 방문을 열었다. 문 너머에는 아까 자신이 앞에 서 있던 사진기가 보였다. 당장에라도 지아에게 달려가려고 했던 민서였지만 막상 가려고 하니 발이 떨어지지 않았다. 스텔라와 이야기할 때까지만 해도 바로 지아를 만나야겠다고 생각했는데. 부끄러움 때문일까? 그때 기계음 소리와 함께 조금 전 보았던 사진이 인화되어 나왔다. 민서의 가슴엔 여전히 회색 하트가 그대로였다.

'그래. 지금이 아니면 안 돼. 당장 지아를 만나자. 그리고 진심으로 사과하는 거야. 더 늦으면 다시는 기회가 없을지도 몰라.'

잠시 고민하던 민서는 사진을 보자마자 핸드폰으로 지아에게 전화를 걸었다. 신호음이 몇 번 울리고 지아의 목소리가 들렸다

- 🗨 여보세요.
- 💬 지아야, 나 민서. 우리 잠시 만나자.
- 🗨 아직 더 괴롭힐 게 남았어?
- 💬 그런 거 아니야. 너희 집 앞 놀이터로 갈게. 꼭 나와줘.

민서는 지아의 말을 듣지도 않고 전화를 끊었다. 혹시나

싫다는 답을 들을까 봐.

곧장 지아네 아파트 앞으로 달려간 민서는 그네에 앉아 지아를 기다렸다. 기다리는 동안 머리띠를 만지며 지아에게 할 말을 생각했다. 혹시 오지 않으면 어쩌나 걱정하던 차에 멀리서 지아가 걸어왔다.

다가온 지아는 말없이 민서 옆 그네에 앉았다. 민서는 머뭇거리다 먼저 말을 꺼냈다.

"지아야. 미안했어. 진심으로 사과하고 싶었어. 사실은 5학년이 끝나갈 때 학부모님들이 모이는 날 너희 엄마와 우리 엄마도 오셨어. 너를 아는 다른 엄마들이 다 너를 칭찬하셨대. 그렇게 착한 아이가 어디 있냐고. 그러면서 나와 너를 비교하셨어. 그때 조금 질투가 나긴 했지만, 그 일로 너를 괴롭힌 건 아니야. 그날 속이 상해 네게 전화를 걸었는데, 예원이와 어디 간다고 하더라고. 나는 우리 셋이 똑같이 진짜 친구라고 생각했는데, 내가 힘들 때 너희가 모르는 척하고 둘이서만 어울린다고 생각했어."

지아는 민서의 말에 눈이 동그래졌다.

"혹시 방학하기 전날?"

"응."

"그럼 그것 때문에 물어보지도 않고 괴롭혔다는 말이야? 그날은 나랑 예원이가 네 생일 선물을 사러 갔던 날이야. 그다음 주가 네 생일이었잖아. 생일 선물도 사고 케이크도 준비했는데 넌 연락도 안 되고. 우린 정말 너한테 무슨 일이 생긴 줄 알았어."

"정말이야?"

지아는 고개를 끄덕였다. 민서는 머리를 감싸 쥐었다.

"몰랐어. 그때는 너무 서운하고 질투가 나서. 모든 게 너 때문이라고 생각했어. 내가 잘못한 일인데 말이야. 만약 내가 솔직하게 너와 이야기했다면 싸우지도 않았겠지? 내가 너와 예원이를 오해했어."

"아무리 그래도 그렇게 괴롭혔다는 건 이해할 수가 없어. 이제 와서 사과하는 것도 그렇고."

지아의 목소리는 화난 듯했다.

"처음엔 작은 질투와 심술이었는데, 한번 시작하니 멈출 수가 없더라. 결국은 다 되돌아왔지만…. 정말 미안했어. 용서할 수 없겠지만 마음은 전하고 싶었어. 내게 너무 소중했던 친구였는데 상처 줘서 미안해. 괴롭혀서 정말 미안했어."

민서는 고개를 숙였다. 한동안 아무 말도 하지 않고 있던 지아가 말했다.

"어머니들이 나를 칭찬하신 건 아마 아픈 동생 때문에 그랬을 거야. 너도 알잖아. 내 동생 죽을 뻔했다는 거. 엄마가 동생을 데리고 병원에 가시면 나는 그 시간을 혼자 보내야 했고, 힘든 시간을 보내고 돌아온 동생을 잘 챙겨주고 싶었어. 그래서 어딜 가든 동생을 데리고 다녔어. 그 모습이 어른들에게 기특해 보였을 거야. 그리고 네가 모르는 게 있는데, 그 자리에서 어머니들이 네 칭찬도 많이 하셨대. 나도 그 이야기 너한테 해주고 싶었는데…. 차라리 솔직하게 말하지. 더럽다, 냄새난다, 그런 말들이 내게는 너무 큰 상처가 됐어."

"그랬구나. 정말 미안해. 나쁜 내 행동으로 너와 예원이, 소중한 내 좋은 친구들을 잃었어. 앞으로는 그런 일 없을 거야. 친구들이 다 떠나서 사과하러 온 건 아니야. 사진관에 우연히 갔다가 우리 메모를 봤거든. 그때 그 시간이 그리워서. 반성하고 후회했어. 소중한 친구를 괴롭히는 일도, 잃는 일도 얼마나 슬프고 힘든 일인지 이번에 깨달았어."

지아는 또 한참 동안 아무 말도 하지 않았다. 민서는 용서받지 못했다고 생각했다.

"네가 정말 잘못한 거야. 사실도 확인하지 않고 괴롭힌 건. 너도 알지?"

민서는 고개를 끄덕였다.

"알아. 미안해."

지아는 자리에서 일어났다. 그리고 고개를 숙이고 있는 민서 앞에 섰다.

"또 그러면 정말 용서하지 않을 거야."

민서는 지아의 말에 놀라 일어났다.

"용서해 주는 거야? 정말?"

"응. 아직도 화는 나지만 우리가 함께 지냈던 시간이 있잖아. 분명 너도 괴로웠을 거라고 생각해."

"맞아. 다시는 그런 일 없을 거야. 고마워, 정말 미안해, 지아야."

지아는 민서의 손을 잡았다.

"우리 예원이한테 전화해 볼까?"

"예원이도 화 많이 났겠지?"

"나한테 말한 것처럼 얘기하면 분명 예원이도 이해할 거야."

지아는 곧바로 예원이에게 전화를 걸었고, 예원이도 잠시 후 놀이터로 뛰어왔다. 그간의 이야기를 들은 예원이는 지아와 민서의 손을 잡았다.

"두 번 다시 그러면 안 돼. 알지?"

"다시는 그러지 않을게. 그리고 이거."

민서는 스텔라에게 받은 머리띠를 하나씩 전해주었다.

그리고 그날 저녁, 세 사람의 단톡방이 다시 만들어졌다. 민서는 톡으로 예원이와 지아에게 스텔라를 만난 이야기와 머리띠를 선물로 받은 이야기를 했다. 처음에는 믿지 않던 두 사람이 민서의 가슴에 회색 하트가 있는 사진을 보고 나

 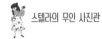

서는 자신들도 만나보고 싶다며 함께 사진을 찍으러 가자고
했다. 그동안의 이야기로 끝없이 이어지던 톡 메시지는 늦
은 밤이 되어서야 멈췄다. 하지만 그날 밤, 민서는 다시 친
구를 찾았다는 생각에 쉽게 잠들지 못했다.

다음 날, 학교 수업이 끝난 후 세 사람은 스텔라의 사진관
으로 향했다. 오랜만에 찾아온 사진관에서 예전처럼 가발도
쓰고 우스꽝스러운 표정도 지으면서 신나게 사진을 찍었다.
그리고 마지막 사진은 스텔라에게 받은 머리띠를 함께 끼고
찍었다.

"어? 오늘은 안 나오네, 회색 하트."

"우리가 화해해서 그런가 봐."

"그러게. 스텔라 님께 화해했다고 감사하다고 전하고 싶
었는데."

민서는 스텔라를 다시 만나지 못해 아쉬웠다.

"그럼 우리 메모 남기고 가자. 아마 스텔라 님이 보실 거
야."

예원이는 포스트잇 세 장을 가지고 왔다. 세 사람은 등을

돌리고 서서 각자 스텔라에게 전하고 싶은 이야기를 썼다.

그리고 가장 잘 보이는 가운데 공간에 붙여두었다.

"감사합니다, 스텔라 님. 잊지 않을게요."

세 사람은 사진관을 나오며 손을 꼭 잡았다.


스텔라 님, 반성의 머리띠 덕에 지아랑 예원이와 화해할 수

있었어요. 앞으로는 우정을 소중히 생각할게요. 감사합니다.

-민서-


민서와 화해할 수 있게 도와주셔서 감사합니다. 앞으로는 서

로 오해 없도록 소중한 우정 지킬게요.

-지아-


감사합니다. 꼭 만나보고 싶어요. 꼭 행복하세요. 스텔라 님!

-예원-

## 3.
# 규칙을 가르쳐준 판다 모자

스텔라는 오늘도 새벽에 나와 가게를 정리했다. 요즘 풍선이 자주 터져 있어서 매일 다시 불어 붙여야만 했다. 손님들이 일부러 터뜨린 것도 있고, 시간이 지나면서 자연스레 터진 것도 있었다.

풍선 정리를 끝낸 뒤 메모들을 정리하던 스텔라는 눈에 띄는 메모를 세 장 발견했다. 누가 봐도 친구인 세 명이 적은 듯한 메모.

"화해했다니 다행이네."

메모를 읽은 스텔라는 민서의 얼굴을 떠올리며 미소를 지었다. 그리고 방에 가져다 놓을 생각으로 구겨지지 않게 떼어내 반듯하게 접었다. 정신없이 남은 정리를 하는 와중에 누군가가 사진관으로 들어왔다.

"스텔라."

"어? 쿠보 씨. 그렇지 않아도 이따 찾아가려고 했어요. 지난번에 주신 쿠키 덕분인지 기다리던 손님들이 찾아오더라고요."

"허허. 그렇군. 다행이네. 저기, 스텔라. 사실 오늘은 스텔라에게 부탁할 게 있어서 찾아왔어."

"부탁이요? 우선 잠시 앉으세요."

쿠보 씨는 손님들이 대기하는 소파에 기대앉았다.

"차라도 한 잔 드릴까요?"

"아니, 그보다도 스텔라. 이틀 뒤에 우리 가게에 행운 쿠키를 사 갈 손님이 올 걸세."

스텔라는 쿠보 씨 맞은편에 의자를 가져와서 그와 마주 보고 앉았다. 쿠보 씨는 한 손으로 턱을 쓰다듬으며 이야기를 이어갔다.

"그 손님은 아무래도 쿠키보다는 스텔라의 도움이 필요할 듯해서 말이야. 혹시 좀 도와줄 수 있겠나?"

"음. 어떤 손님이길래요?"

"그건 스텔라가 만나보면 알 거야. 그 손님에게 쿠키 대신에 사진관 무료 티켓을 선물하고 싶어서 말이야."

스텔라는 쿠보 씨의 말에 잠시 생각하는 듯 보였다.

"어려우려나?"

"딱히 어려운 일은 아니지만, 행운 쿠키가 더 좋은 거 아니에요?"

"물론 일반 사람들에게 행운 쿠키는 말 그대로 행운을 안겨주는 쿠키지. 하지만 이번 손님은 행운보다는 다른 게 필요할 것 같아서 말이야."

스텔라는 말끝마다 '말이야'라고 하는 쿠보 씨의 어투가 재미있었다. 쿠보 씨가 민망해하지 않게 혼자 웃음을 삼킨 스텔라는 쿠보 씨의 제안을 받아들이기로 했다.

"행운보다 다른 것? 좋아요. 제가 만나볼게요."

"허허. 고맙네. 이틀 뒤 오후 5시쯤 올걸세."

"그럼 제가 내일 무료 티켓을 미리 가져다드릴게요."

"허허. 알겠네. 다시 한번 고마워, 스텔라."

쿠보 씨는 차를 마시고 가라는 스텔라의 말에 웃으며 손을 젓고는 자리에서 일어났다.

"나중에 우리 가게로 와. 내게 아주 좋은 허브차가 있어."

"네. 알겠어요."

스텔라는 문 앞까지 쿠보 씨를 배웅했다. 쿠보 씨가 나간 뒤 마무리 정리까지 마친 스텔라는 문득 궁금해졌다.

"어떤 사연이기에 내가 필요한 걸까?"


#


핸드폰이 울리자 준호는 짜증스럽게 전화를 받았다.


💬  왜요.

💬  왜요, 라니. 어디니?

꯱ 집에 가고 있어요.

🗨 학교는 벌써 두 시간 전에 끝났는데 어디서 뭘 하는 거야?

꯱ 금방 갈게요.


엄마는 대답도 하지 않고 전화를 끊어버렸다. 집 앞 놀이
터 구석 벤치에 앉아 있던 준호는 어쩔 수 없다는 듯 핸드폰
을 주머니에 넣고 자리에서 일어났다.

요즘 캐릭터 키우는 게임에 빠진 준호는 집에 가는 길에
놀이터에서 앉아 게임을 하고 있었다. 집에서는 마음껏 할
수 없기 때문이다. 하지만 두 시간이나 지났을 거라고는 생
각하지 못했다.

집에 돌아와서도 준호는 게임을 멈추지 않았다.

"너 정말 그만하지 못해?"

엄마는 준호의 핸드폰을 낚아챘다. 학교를 다녀온 뒤로
두 시간이 넘도록 핸드폰으로 오락만 하는 준호를 보자 엄
마는 화가 머리끝까지 났다.

"내 핸드폰이잖아! 이리 줘!"

준호는 엄마의 손에서 다시 핸드폰을 뺏으려고 안간힘을 썼다.

"내가 너 이러라고 핸드폰 사줬어? 내 폰? 네가 요금 내?"

"어차피 9시 되면 못하게 해놨잖아. 엄마가 나 쓰라고 사 준 거면 내 핸드폰 아니야?"

"꼬박꼬박 말대꾸하는 거 봐. 그럼 요금도 네가 내!"

결국 엄마는 핸드폰을 침대에 던져버리고 방을 나갔다. 하지만 준호는 아랑곳하지 않고 핸드폰을 들어 다시 게임에 빠져들었다.

어느 날부터인가 핸드폰 게임에 빠져든 준호는 그 뒤로 점점 폭력적으로 변했다. 엄마 아빠와 대화는 하지 않으려 하고, 학교에서도 조금만 짜증이 나면 버럭 화를 내곤 했다. 학기 초에는 학교에서도 친구들과 사이가 틀어지는 사건이 있었다. 점심시간에도 핸드폰 게임을 하는 준호에게 정민이 축구를 하러 가자고 했다.

"준호야, 축구 하러 가자."

"응, 잠시만."

 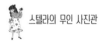

준호는 기다리고 있는 정민을 잊어버린 채 게임을 멈추지 않았다. "준호야."라고 몇 번 불렀지만 기다리라며 짜증을 내는 준호에게 결국 화가 난 정민은 준호와 크게 싸우고 말았다. 그 후 준호는 점점 외톨이가 되어갔다. 친구는 게임 속에 있다며 친구들과 화해하려는 노력도 하지 않았다.

또 어떤 날은 수업 중에 핸드폰을 만지다 선생님께 걸려 혼이 났지만, 오히려 오늘처럼 내 핸드폰 내놓으라며 선생님께 대들기까지 해서, 엄마가 학교에 불려간 일도 몇 번 있었다. 처음에 엄마는 준호가 학교 폭력으로 친구도 거부하고 게임에 몰두하는 줄로만 알았다. 하지만 상담을 통해 오히려 핸드폰 게임에 빠진 준호 때문에 친구들마저 떠났다는 걸 알게 되었다.

엄마가 던져놓고 간 핸드폰 게임에 몰두하고 있을 때 동생 민호가 놀아달라며 준호의 다리를 끌어안았다.

"형아, 나랑 놀자."

"저리 가."

일곱 살 차이의 준호와 민호. 예전에 준호는 민호를 업고 다닐 만큼 예뻐했다. 민호도 엄마 아빠보다 형을 더 쫓아다녔다. 모든 사람이 칭찬할 만큼 둘은 우애가 좋았다. 하지만 지금 준호는 게임 말고는 모든 것이 귀찮았다.

"너 때문에 지잖아. 저리 가!"

"형아…."

결국 민호는 울면서 방을 나갔다. 민호의 울음소리에 잠시 움찔했지만, 준호는 금세 다시 게임에 빠져들었다. 컴퓨터 게임도 재미있지만 언제 어디서든 할 수 있는 핸드폰 게임이 준호는 더 재미있었다.

준호가 처음부터 게임에 빠져들었던 건 아니었다. 친구들과 운동하는 걸 좋아했고, 게임보다는 책을 좋아했던 아이였다.

민호가 네 살 때 심한 열감기에 걸려 일주일간 병원에 입원했던 적이 있다. 그때 엄마가 민호 옆에 붙어 있느라 준호를 봐줄 수 없었기에 준호도 학교를 마치고 함께 병원에 있었다. 처음에는 민호에게 책도 읽어주고 함께 놀아주려고 했지만, 아픈 민호는 계속 잠만 잤다.

 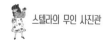

친구와 놀고 싶었지만, 병원에서 나갈 수도 없고 병원에서는 뛸 수도 없고 떠들 수도 없었다. 심심하고 답답했던 준호는 핸드폰을 만지작거리다 우연히 게임을 시작하게 됐다. 그 뒤로 처음에는 시간을 정해 조금씩 하던 게임을 어느 순간부터 손에서 놓을 수 없었다. 그러면서 지금처럼 밥을 먹을 때를 제외하고는 모든 순간을 핸드폰과 함께했다.

"어휴, 내가 뭐 하러 핸드폰을 사줘서는. 너 아빠 오면 그대로 얘기할 거야."

아빠라는 말에 겁이 났지만, 게임을 멈출 수는 없었다. 결국 아빠가 퇴근하는 시간까지 게임을 하던 준호는 아빠에게 핸드폰을 뺏기고 말았다. 아빠는 모든 상황에서 준호를 먼저 생각해 주지만, 잘못했을 때는 항상 엄하게 혼내셨다. 그래서 아빠에게는 함부로 대들 수 없었다.

"정준호. 아빠가 분명 지난번에도 얘기했어. 핸드폰을 사줬던 건 혹시나 네가 위급한 상황일 때 엄마 아빠가 널 빠르게 찾을 수 있도록 하려는 거고, 친구들 다 있는데 혼자만 없다면서 게임은 절대 많이 안 할 거라고 네가 약속했기 때

**85**

문이야. 그런데 갈수록 버릇없어지고 네 멋대로 하는 건 더 이상 봐줄 수 없어. 핸드폰은 다시 없앨 거다."

"아빠…!"

"엄마도 여러 번 말했던 걸로 알아. 아빠는 너를 믿었던 만큼 실망도 크구나. 단지 게임을 해서가 아니야. 공부하고 힘들 때 잠깐, 학교와 학원 갔다 와서 잠깐 하는 거면 아빠도 이해하지."

준호는 아빠가 무서웠지만, 핸드폰을 빼앗겼다는 생각에 더 화가 났다.

"그럼 나는 맨날 동생만 봐야 해요? 민호 병원에 있을 때 아무것도 하지 못하게 병원에만 있으라고 하고, 그때는 게임을 해도 아무 말씀도 안 하셨잖아요. 그러니까 제가 게임을 하게 된 건 엄마 아빠 때문이라고요!"

한 번도 볼 수 없었던 준호의 눈빛과 말에 아빠의 목소리가 더 무서워졌다.

"엄마 아빠가 언제 너한테 동생 보라고 한 적 있어? 엄마는 혹시나 네가 서운하게 생각할까 봐 한 번도 너보다 민호

를 먼저 챙겨줬던 적 없어. 민호가 병원에 있을 때는 어쩔 수 없었잖아. 물론 네 마음은 이해하지만, 민호가 병원에 있었기 때문에 게임을 하게 됐다는 말은 핑계일 뿐이야."

준호는 할 말이 없었다. 엄마 아빠는 한 번도 차별한 적이 없었으니까. 그리고 엄마를 이해하지 못하는 것도 아니었다. 그래도 어떻게든 억지를 쓰고 싶었다.

"그, 그래도…."

"아빠는 이제 더 할 말 없다."

아빠는 결국 준호의 핸드폰을 들고 안방으로 들어가 버렸다. 준호는 화가 났다. 조용히 게임만 할 뿐인데, 왜 그것마저 못하게 하는지 이해할 수 없었다. 그렇다고 아빠한테 달려가 빨리 핸드폰을 되돌려 달라고 화를 낼 수도 없었다.

준호는 씩씩거리며 방으로 들어가 책상을 주먹으로 내리치고, 화를 내며 소리를 질렀다. 왜 자기가 폰을 뺏겨야 하는지 이해가 되지 않았다. 분이 풀리지 않아 씩씩거리고 있을 때 민호가 방으로 들어왔다. 처음에는 아무 말도 하지 않고 쭈뼛거리며 서 있던 민호는 준호가 또다시 책상을 주먹으로 치자 달려들어 준호의 주먹을 잡았다.

"형아, 왜 그래. 화내지 마. 나 때문에 화난 거야? 이러면 형 손 아파."

민호는 인상을 쓰고 있는 준호가 걱정되었는지 작은 얼굴을 준호 얼굴 앞에 들이밀었다. 몇 번 말로 저리 가라고 했지만, 민호는 계속 괜찮냐고 물었다.

"저리 가!"

콰당 탕!

순식간에 일어난 일이었다.

준호가 미는 바람에 중심을 잃고 넘어진 민호는 방문에 이마를 크게 찧었다. 악, 소리를 낸 후 의식을 잃고 쓰러진 민호의 이마에서 피가 흘러내렸다. 놀란 준호는 민호를 불렀다.

"민호야, 민호야!"

그 소리에 놀란 엄마 아빠가 방으로 뛰어 들어왔다.

"민호야, 민호야. 아빠 목소리 들려? 민호야."

아빠는 손수건으로 민호의 이마를 누른 후 얼굴을 톡톡

치며 민호를 불렀다. 하지만 민호는 아무 대답도 하지 않았다.

"여보, 빨리 병원으로 가야겠어. 피도 많이 나고. 얼른 안방에 가서 차 키 좀 들고 나와요."

아빠는 민호를 안고 엄마에게 말했다. 엄마는 너무 놀라 아무 말도 못 하고 서 있었다.

"빨리!"

아빠의 재촉하는 목소리에 엄마는 그제야 "응."이라고 대답했다. 아빠는 민호를 데리고 먼저 현관문을 열고 나갔다. 곧바로 엄마도 나가려던 참이었다.

"엄마, 저도 따라갈래요."

준호는 이미 신발을 신고 서 있었다.

"준호야. 가면 정신없을 테니까 잠시만 집에서 기다리고 있어. 민호 괜찮을 거야. 엄마가 이모에게 오라고 전화해 놓을게."

"엄마, 저 때문에 그랬어요. 흑흑. 제가 밀어버려서."

준호는 민호를 다치게 했다는 생각에 울음을 터뜨리고

말았다.

"괜찮아. 나중에 민호 일어나면 준호가 사과해."

"저도 따라갈래요."

놀라서 울고 있는 준호를 그냥 두고 갈 수 없었던 엄마는 고개를 끄덕이고는 준호의 손을 잡고 차로 뛰어갔다. 먼저 내려와 있던 아빠는 민호를 엄마에게 안겨 뒷좌석에 눕히고는 급하게 차를 몰았다. 가는 중간중간 엄마가 민호를 흔들며 불렀지만, 대답이 없었다. 준호는 무서웠다. 혹시나 민호가 영영 깨어나지 않으면 어쩌나 걱정이 되었다.

"민호야. 형이 잘못했어! 일어나."

준호가 고개를 돌려 민호를 불렀다.

"괜찮아. 민호는 괜찮을 거야."

"죄송해요. 아빠. 제가 민호를…. 제가."

아빠는 아무 말 없이 준호의 손을 잡아주었다. 따뜻한 손이었지만 오히려 그 따뜻함이 더 크게 준호를 혼내는 것 같았다.

병원에 도착할 때까지도 민호의 의식은 돌아오지 않았

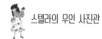

다. 응급실로 들어간 민호는 처치실로 옮겨졌다.

엄마는 안절부절못하며 주위를 걸어 다녔고, 아빠는 괜찮을 거라며 엄마의 어깨를 두드려주었다. 준호는 죄인이 된 기분이었다. 엄마에게도 아빠에게도 다가가 말을 걸 수가 없었다.

그때 의사 선생님이 다가왔다.

"정민호 보호자님."

"네."

"일단 찢어진 이마는 여섯 바늘 꿰맸습니다. 그런데 내일 아침에 정확한 검사를 해봐야 할 것 같습니다. 뇌에는 큰 문제가 없는 듯 보이는데 아이가 아직 깨어나지 않아서요. 쇼크인 것 같은데 정확한 건 검사 후 다시 말씀드리겠습니다."

"깨어나지 않는다니요? 살짝 부딪혀서 놀라서 기절한 게 아닌가요?"

"그럴 수도 있고. 우선 지켜봐야 할 것 같습니다."

의사는 고개를 숙인 후 스쳐 지나갔다.

준호는 너무 후회했다. 고작 게임이 뭐라고 그렇게나 화를 냈는지, 왜 동생을 밀어 다치게 했는지. 자신을 누구보다 잘 따랐던 동생이었는데.

"준호야, 울지 마. 괜찮아. 여보. 내가 여기 있을 테니까 일단 준호랑 집에 갔다가 내일 아침에 다시 와요. 준호도 많이 놀란 것 같은데. 여기 잘 곳도 없고."

아빠는 엄마와 준호를 집으로 돌아가라고 했다.

"내가 어떻게 가요. 당신이 준호랑 가 있어요. 일어나면 엄마를 찾겠지."

아빠는 잠시 생각하더니 고개를 끄덕였다. 준호는 싫다고 했지만, 엄마가 더 힘들 거라는 아빠의 말에 어쩔 수 없이 집으로 가기로 했다.

"준호야. 집에서 기다리고 있어. 오늘은 아무 생각하지 말고 아빠랑 푹 자고. 엄마가 내일 민호 깨어나면 전화할게. 혼자 잘 챙겨서 학교 갈 수 있지?"

"네. 엄마, 꼭 전화해 주세요."

엄마는 준호 머리를 쓰다듬으며 고개를 끄덕이셨다.

준호와 아빠는 응급실을 나와 다시 차로 돌아갔다. 준호는 집으로 가는 내내 시무룩해 있었다.

"준호야, 괜찮아. 민호 크게 다치지 않았어."

"제가 잘못한 거예요. 죄송해요. 아빠."

"그럴 수도 있어. 앞으로 그러지 않으면 돼. 실수였잖아. 누구나 실수는 할 수 있어. 그런데 준호야. 민호랑은 왜 그런 거야?"

"…"

"핸드폰 빼앗겨서?"

"네. 순간 화가 났는데 민호가 그렇게 넘어질 거라고는 생각도 못 했어요."

"준호가 게임에 빠지게 된 게 민호가 병원에 있을 때부터라고 했잖아. 그때 엄마 아빠한테 많이 서운했어?"

준호는 아무 말도 하지 못했다. 사실 엄마 아빠에게 서운해서라는 건 핑계일 뿐이었으니까. 물론 답답한 병원에 있어야 한다는 게 속상하긴 했지만, 부모님을 이해하지 못했던 건 아니었다.

"그런데 준호야, 준호도 기억하지? 민호가 엄마 배 속에 있을 때 준호도 독감에 걸려 이틀을 입원했잖아. 그때 엄마의 모습을 생각해 보면 서운한 마음이 조금 사라지지 않을까."

아빠의 말에 준호는 그때를 떠올렸다. 엄마는 민호가 배 속에 있을 때 빨리 걷지도 못하는 걸음으로 준호를 데리고 병원에 다녔고, 아픈 준호를 밤새 간호했다. 준호는 그 생각을 하니 고개가 더 숙여졌다. 고작 게임 때문에 동생도 다치게 하고, 자신을 사랑해 주는 엄마 아빠 마음을 아프게 했다고 생각했다.

"알아요. 제가 게임이 하고 싶어서 억지 부린 거예요."

"물론 준호가 민호를 밀어서 다치게 한 건 잘못한 일이지만 반성하고 있고, 민호에게 미안해하니 그걸로 됐어. 앞으로 다시는 그러지 않으면 돼. 그러니 울지 말고 민호 오면 예전처럼 따뜻하게 챙겨줘."

"네, 아빠."

집에 돌아와 아빠는 준호에게 일찍 자라고 했다. 혹시나 엄마에게 연락이 오면 꼭 알려주겠다고. 하지만 준호는 그

날 잠을 잘 수가 없었다. 민호가 깨어났는지, 괜찮은지 자꾸
만 걱정스러웠기 때문이다.


다음 날 아침, 준호도 병원에 따라가고 싶었지만 아빠는
학교가 먼저라며 학교까지 데려다주셨다. 하지만 수업 중에
도 민호 생각밖에 나지 않았다. 핸드폰을 빼앗긴 뒤라 민호
가 일어났는지 엄마에게 물어볼 수도 없었다.

'엄마 아빠가 말했던 급한 일이 이런 거구나. 이럴 때 핸
드폰을 사용하는 건데….'

준호는 수업이 끝날 때까지 민호가 무사하길 빌고 또 빌
었다. 그리고 마지막 수업이 끝나는 종소리가 들리자 가장
먼저 학교에서 나왔다. 왠지 집에 가면 민호가 와 있을 것만
같았다.

준호는 정신없이 뛰어가다 숨을 고르기 위해 잠시 멈추
어 섰다. 그때 준호 앞에 '행운 쿠키'라고 써 붙여둔 베이커
리가 보였다. 숨을 헐떡이던 준호는 베이커리 안쪽을 가만
히 바라보았다.

"행운 쿠키? 민호가 저걸 먹으면 좋아할 것 같은데."

준호는 민호가 행운 쿠키를 먹으면 아프지 않고 금방 일어날 것 같다는 생각이 들었다.

"민호가 먹으면 행운이 오겠지?"

준호는 베이커리의 문을 열고 들어갔다.

"딸랑!"

"어서 오세요."

준호는 들어가자마자 깜짝 놀라고 말았다. 주인 아저씨의 키가 엄청나게 컸기 때문이었다.

"안녕하세요."

"어서 오세요. 찾는 게 있으세요?"

"행운 쿠키를 사고 싶어서요."

"어쩌죠? 행운 쿠키는 오늘 다 팔리고 없어요."

주인 아저씨는 미안하다며 다음에 다시 오라고 했다. 준호는 동생에게 줄 행운 쿠키가 모두 팔렸다는 말에 실망했다. 결국 그냥 나올 수밖에 없었다.

"안녕히 계세요."

풀이 죽은 준호가 가게 문을 열고 다시 나오려고 할 때 아저씨가 준호를 불렀다.

"학생."

"네?"

"쿠키가 없어 미안해서 말이야. 이거 가져가요."

아저씨는 준호에게 종이 한 장을 내밀었다. 어색하게 다가가 받아든 종이는 옆 사진관의 무료 티켓이었다.

"감사합니다. 그런데 저는 사진을 찍지 않아요. 이 티켓은 필요 없을 거 같아요. 다음에 다시 쿠키 사러 올게요."

준호는 아저씨에게 다시 티켓을 내밀었다. 혼자 찍을 수도 없고, 지금은 민호도 병원에 있으니 함께 찍을 수도 없었다.

"그래도 가져가요. 혹시 마음이 바뀔지도 모르니까."

준호는 내키지 않는다는 표정으로 티켓을 받아 들었다.

"감사합니다."

준호는 사장님께 인사를 드리고 가게를 나왔다. 티켓을 주머니에 넣으려고 하니 바로 옆에 사진관이 보였다. 티켓에 적힌 이름과 같은 사진관이었다. 사진관 안을 슬쩍 보니 안에는 세 명의 여학생들이 메모에 글을 쓰고 있었다. 뭐가 좋은지, 깔깔거리는 소리가 문밖까지 들렸다.

이왕 받은 티켓이니 찍어볼까 생각했지만, 민호가 떠올라 얼른 주머니에 다시 넣었다.

'이 와중에 사진은 무슨….'

그때 여학생들이 가게 문을 열고 나왔고, 준호는 혼자 사진을 찍고 싶어 서성거리는 모습으로 보일까 봐 부끄러워 고개를 돌렸다. 뒤돌아 바로 집으로 가려고 했지만 자꾸만 티켓이 눈에 들어왔다. 결국 준호는 고민 끝에 아무도 없는 것을 확인하고 가게 안으로 들어갔다. 풍선과 메모로 가득 찬 벽면을 보니 꼭 새로운 세계에 와 있는 기분이었다.

준호는 보라색 커튼이 쳐진 사진기 안으로 들어갔다. 처음 들어와 본 사진기 안쪽은 생각보다 좁았지만 신기했다. 조심스레 티켓을 넣자 화면에 안내문이 나오고 있었다.

"아무거나 누르면 되겠지 뭐."

이것저것 누르던 준호가 자리도 잡기 전에 플래시가 터

졌다. 순간, 너무 밝은 빛에 눈을 감고 말았다. '분명 눈이 감긴 채로 사진이 나올 거야.'라고 생각하며 눈을 뜨자 어느새 사진관이 아닌 다른 공간에 와 있었다.

"어떻게 된 거지? 분명 사진관이었는데."

놀란 준호는 주위를 둘러보았다. 작은 방 벽면 가득한 풍선과 테이블. 한쪽엔 예쁜 컵들과 주전자가 놓여 있었다. 그리고 반대쪽에는 수많은 메모가 가득 붙어 있었다. 방의 구조와 사진관의 구조가 비슷한 것 같았다. 준호가 갑작스러운 상황에 당황스러워하고 있을 때, 문이 열리고 여자가 들어왔다.

"어서 오세요. 많이 놀랐죠?"

긴 갈색 머리에 하얀 원피스를 입고 온 여자를 보고 준호는 순간 귀신이라고 생각했다.

"저리 가!"

여자는 준호를 바라보며 미소를 지었다.

"놀라지 말아요. 나는 이 가게 주인 스텔라예요."

준호는 주인이라는 말에 안도감이 들었지만, 여전히 경

계했다.

"그런데 제가 왜 여기 와 있죠? 저는 분명 쿠키 가게 아저씨에게 받은 티켓으로 사진을 찍었을 뿐인데."

스텔라는 준호의 말을 듣고는 사진 한 장을 보여주었다.

"이 사진 보여요?"

스텔라가 가리킨 사진에는 버튼을 누르고 있는 준호의 사진이 찍혀 있었다.

"아, 포즈도 잡기 전에 플래시가 터져서…."

"포즈 말고, 여기 학생의 마음을 보세요."

준호의 가슴에는 회색 하트가 보였다. 놀란 준호는 고개를 숙여 옷을 바라보았다.

"이건 학생의 마음이 어둡다는 뜻이에요. 고민이 많다는 거죠. 학생 이름이?"

"준호입니다. 마음이 어두워서 회색 하트가 생겼다고요?"

"그래요. 나는 회색 하트가 생긴 사람들의 고민을 들어주고 있어요. 그래서 준호 학생도 이곳으로 왔고요. 따뜻한 코코아 한 잔 마실래요?"

준호는 머리를 긁적이면서도 고개를 끄덕였다.

'꿈인가? 고민을 들어주는 사진관이라고?'

준호는 꿈인지 현실인지 헷갈렸다.

스텔라가 코코아를 준비하는 동안 준호는 테이블 위에서 미처 보지 못했던 동화책 한 권을 발견했다. 그 책은 예전에 준호가 민호에게 읽어주었던 것과 같은 책이었다.

가끔 민호는 집에 있던 책을 가져와 읽어달라고 했다. 그럴 때면 준호는 소파에 앉아 민호 앞에 작은 베개를 받쳐주고 준호는 목소리를 바꿔가며 책을 읽어주었다. 그러면 민호는 박수를 치기도 하고 웃기도 하다가, 무섭다며 준호 등 뒤에 숨기도 했다. 한 장 한 장 책장을 넘길 때마다 민호의 목소리가 들리는 것 같아, 준호는 울컥 눈물이 났다.

그때 스텔라가 코코아를 준호 앞에 놓아주었다.

"왜 울어요?"

"동생이 저 때문에 다쳤거든요."

"아휴, 어쩌다가."

"게임에 빠져서요. 게임을 못 하게 하는 부모님께 화가 났는데, 저를 위로해 주려던 동생을 모르고 밀어버렸어요."

"많이 다쳤나요?"

"어제까지는 깨어나지 못했어요. 폰이 없어서 아직 전화를 못 해봤거든요."

"그랬구나. 아주 속상했겠어요. 그런데 어떤 게임이기에 부모님이 못하게 하셨을까요?"

"핸드폰으로 하는 게임이요. 엄마가 중요할 때 연락하라고 사주신 핸드폰인데 저도 모르게 게임에 빠졌거든요. 하다 보니 멈출 수가 없었어요. 지금은 너무 후회돼요. 왜 그걸 계속했는지."

스텔라는 게임에 빠지게 된 이유를 물었다. 준호는 손을 만지작거리다 민호가 병원에 입원했을 때의 상황을 이야기했다. 가만히 듣고 있던 스텔라가 물었다.

"준호 학생이 아플 때도 엄마는 그렇게 간호하지 않았나요?"

"맞아요. 핑계죠. 그냥 게임이 좋아서 한 거예요. 민호가 저 때문에 다친 순간부터 후회했어요."

"그런데 동생이 괜찮아지면 다시 게임을 할 거 아닌가요?"

스텔라의 말에 준호는 움찔했다. 지금이야 동생 걱정에 당장이라도 핸드폰을 부숴버리고 싶지만, 만약 민호가 괜찮아지고 집으로 돌아온다면 또다시 게임을 시작할 것 같았다.

"그건…."

"게임이 나쁘다는 건 아니에요. 할 수 있어요. 그런데 생활을 방해할 정도로 하면 안 돼요. 게임은 취미로 끝나야 해요."

"알아요. 매번 알면서도 멈출 수가 없어요. 한번 시작하면 시간 가는 줄도 모르고, 게임 안에서 사용하는 욕들도 따라 하게 되고. 나쁘게 변했다고 생각해요."

찻잔을 내려놓은 스텔라는 준호에게 이야기를 들려주었다.

"굉장히 돈이 많은 부자 아저씨 이야기인데요. 그 아저씨도 게임을 좋아했어요. 어떤 날은 밤새 게임을 할 때도 있었고요. 그런데 그 아저씨는 한 번도 자기 일에 영향을 주지 않았어요. 잠을 못 자더라도 회사 일에는 절대 피해를 주지 않았죠. 성격이 나빠지지도 않았고 게임은 게임, 일은 일, 가정은 가정, 그 어떤 것도 소홀히 하지 않았어요. 게임은 취미 생활 정도만으로 생각했죠. 게임에 몰두하는 만큼 자기 일에도 몰두하다 보니 사업으로 크게 성공했어요."

"저도 그러고 싶은데, 수업을 하다가도 선생님 얼굴이 게임 캐릭터로 변해요. 게임을 못 하게 되면 화가 나서 참을 수가 없고요."

"그 아저씨와 준호 학생의 차이는 절제의 차이예요."

"절제? 그게 뭐예요?"

준호는 잘 모르는 단어였다. 스텔라는 찻잔을 내려놓고 의자를 당겨 앉았다.

"참는다는 거죠. 쉽게 말하면 스스로 참는 힘을 말하는 거예요. 분명 아이와 어른은 참을 수 있는 능력에 차이가 있지만, 나는 준호 학생도 충분히 절제할 수 있을 거라고 생각해요. 그래서 학생들은 절제하는 힘을 기르기 위해 스스로 규칙을 정하는 게 좋아요."

"규칙? 생활 계획표 같은 것 말씀이세요? 생각은 늘 하지만 마음처럼 안 돼요. 오늘은 꼭 한 시간만 해야지, 하면서도 놓을 수가 없어요."

"그 힘을 길러내는 건 스스로 해야 해요. 절제하는 힘을 기르는 건 쉽지 않아요. 모두 알면서도 하지 못하죠. 스스로 계획을 짜고 규칙을 만드는 것도 마찬가지고요. 하지만 실천만 잘한다면 게임을 해도 생활에 영향을 주지 않을 거예요."

그리고 스텔라는 준호에게 두 가지 방법을 알려주었다.

첫째, 정한 시간에만 게임을 하고, 혹시나 더 하고 싶은 마음이 생기기 전에 끝낼 수 있도록 부모님께 도움을 청하기. 둘째, 게임을 하고 싶을 때 재미있는 책을 읽거나 운동하기.

그러면서 스텔라는 준호에게 책 두 권을 건넸다.

"이건 준호 학생에게 주는 선물이에요. 한 권은 동생에게 읽어주세요. 아주 좋아할 거예요. 그리고 하나는 청소년 소설이에요. 이 책에는 청소년의 중독에 관한 이야기가 있어요. 나쁜 것들에 중독된 청소년들의 이야기죠. 한번 읽어봐요. 꽤 도움이 될 거예요."

준호는 두 손으로 책을 받고는 스텔라를 바라보았다.

"그냥 받아도 되는 건가요?"

스텔라는 준호를 보고 미소를 지으며 고개를 끄덕였다.

"그리고 이거."

스텔라는 준호에게 판다 모양의 모자를 두 개 주었다.

"이건 규칙을 지킬 수 있게 도와주는 모자예요. 혹시나 스스로 만든 규칙을 지키기 힘들 때 이 모자를 써봐요. 도움이 될 거예요."

"이 모자가요?"

준호는 판다 모자를 머리에 써보았다가 내려놓았다.

"네. 준호 학생의 마음을 진정시키고, 게임에 대한 집착을 잊게 해줄 거예요."

준호는 고작 모자 하나가 부모님의 꾸중에도 끊지 못한 게임을 줄이는 데 도움이 될까 생각했다. 하지만 이런 신비한 곳에 온 것도 기적인데, 가능할 수도 있지 않을까 싶어 스텔라의 말을 믿기로 했다.

"고맙습니다. 저 이만 집에 가봐야겠어요. 혹시 동생이 깨어나면 엄마가 전화를 주실 거라서요."

"얼른 가봐요. 문을 열면 다시 사진기 앞으로 갈 거예요. 준호 학생, 힘내요!"

스텔라는 손바닥을 들어 준호에게 내밀었다. 준호는 수줍게 웃으며 손바닥을 마주쳤다.

문을 열자 처음 들어왔던 사진기 안이었다. 준호는 스텔라에게 받은 책과 모자를 들고 가게를 나와 다시 집으로 뛰었다. 사진을 찍기 전 불안했던 것과 달리 조금 마음이 편안해졌다.

어느새 집에 도착한 준호는 빠르게 현관 비밀번호를 누르고 집으로 들어갔다. 문이 열리자마자 현관에 있는 신발을 확인한 준호는 멈추어 섰다. 민호와 엄마의 신발이 나란히 놓여 있었기 때문이다. 준호가 문을 여는 소리를 들은 민호는 형을 부르며 뛰어나왔다.

"민호야, 아직 뛰면 안 돼."

"형!"

준호는 뛰어나온 민호를 꼭 끌어안았다. 이마에 붕대를 하고 파인애플처럼 삐죽 튀어나온 머리를 한 민호는 준호의 얼굴에 자기 얼굴을 맞대었다.

"미안해, 민호야. 형이 미안해."

"형아, 울어?"

준호는 민호 앞에서 민호보다 더 어린아이처럼 펑펑 울었다.

"형이 앞으로는 절대 안 그럴게. 미안해."

"괜찮아 형아. 이제 안 아파. 형, 그 책은 뭐야?"

민호는 준호 뒤에 놓인 동화책을 가리켰다. 소매로 눈물을 쓱 닦아내고는 민호에게 책을 내밀었다.

"이거 민호 읽어주려고 형이 가져왔어. 예쁜 이모가 민호 주라고 전해줬어."

"진짜? 형아, 나 읽어줘."

그때 엄마가 저녁 먹은 뒤에 읽으라며 민호를 말렸다. 입을 삐죽거리던 민호는 고개를 끄덕이고는 소파에 앉아 텔레

비전에서 나오는 만화에 집중했다.

"준호야, 그건 누가 준 거니?"

"음. 비밀이에요. 민호 아프다니까 선물이라고 줬어요. 엄마, 죄송해요. 민호 다치게 하고."

"일부러 그런 것도 아니고 실수니까 괜찮아. 하지만 잘못한 건 잘못한 거야. 알지?"

"네."

"그래. 다음부터는 절대 이런 일이 일어나선 안 돼. 한 번은 실수지만 두 번은 실수가 아니니까. 그리고 핸드폰 가져가. 연락이 안 되니까 답답하더라."

"네. 참, 엄마. 저 앞으로 학교랑 학원 다녀와서 숙제하고 저녁 먹은 후에 8시부터 딱 30분만 게임 할게요. 그 후에는 못하도록 핸드폰 잠가주세요."

"우리 준호가 어쩐 일이야? 핸드폰 귀신이. 30분이면 되겠어? 주말에는?"

"주말에는… 음…. 최대 한 시간 넘지 않도록 할게요."

엄마는 알겠다며 준호에게 핸드폰을 돌려주었다.

그날 저녁, 저녁을 먹은 뒤 준호는 민호에게 책을 읽어주고는 습관처럼 핸드폰을 집어 들었다. 열심히 게임에 집중하고 있을 때 핸드폰이 탁, 하고 멈춰버렸다. 시간을 보니 8시 30분이었다. 순간, 준호는 어제와 오늘 일을 잊은 듯 화가 치밀어 올랐다. 엄마에게 시간을 늘려달라고 말하러 가려던 순간, 책상 위에 올려두었던 판다 모자를 보았다.

"아. 스텔라가 말한 게 진짜였네. 민호가 무사히 돌아오자마자 또 게임에 빠지다니."

준호는 핸드폰을 서랍에 넣고 판다 모자를 썼다. 그런데 이상하게도 화가 가라앉는 기분이었다. 게임을 더 하고 싶다는 생각도 들지 않았다.

"진짜 신기하네."

마음이 차분해진 준호는 종이에 '하루 규칙'이라고 적어 책상 앞에 붙였다.

1. 게임은 한 시간을 넘기지 않기.

2. 하교 후 숙제를 마친 뒤에 게임 하기.

3. 게임이 하고 싶을 때 책을 읽거나 운동하기.


그 후로도 준호는 게임이 하고 싶을 때뿐만 아니라 화가 날 때도 모자를 썼다. 판다 모자를 궁금해하는 민호에게도 언제 모자를 써야 하는지 알려주고, 받아 온 두 개의 모자 중 하나를 민호에게 주었다. 떼를 쓰고 싶을 때, 화가 날 때 모자를 쓰라고.

며칠이 지나자 준호는 학교에서도 달라졌다.

"준호 요즘 이상하지 않아?"

"게임도 안 하고. 예전처럼 잘 웃고."

"그러니까. 짜증도 내지 않고. 오늘, 같이 축구 하자고 해 볼까?"

모여 있던 친구들이 준호에 관해 이야기하고 있었다. 그 중 지난번에 다투었던 정민이가 준호에게 다가왔다.

"저기, 준호야."

"응?"

"너 요즘 많이 변했다. 예전으로 돌아온 것 같아."

준호는 정민이의 칭찬에 부끄러워 머리를 긁적였다. 자신을 피하던 친구들이 다시 다가와준 것이 고맙기도 했다.

"요즘 게임을 줄였거든. 지난번에 짜증 내서 미안해."

"아니야. 오늘 친구들이랑 운동장에서 축구할 건데 같이 갈래?"

"좋아!"

정민이는 약속 시간을 정하고는 자신의 자리로 돌아갔다.

학교에서는 모자를 쓸 수 없었지만, 준호는 가방에 넣어 다니며 필요할 때마다 판다 모자를 쓰다듬었다. 그렇게 마음을 가라앉히다 보니 차츰 성적도 좋아지고, 신경질적인 준호를 멀리하던 친구들도 다시 다가왔다. 준호는 게임 때문에 놓쳤던 소중한 순간들을 하나씩 되찾고 있었다.

준호의 규칙이 습관이 되어가던 어느 날, 준호는 민호와 함께 스텔라의 사진관을 찾았다.

"형아, 우리 사진 찍는 거야?"

"응. 형 마음이 다시 예뻐졌는지 확인하려고."

"마음이 예뻐져?"

 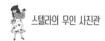

준호의 말을 이해하지 못한 민호가 눈을 동그랗게 뜨고 묻자 준호는 민호의 머리를 헝클이며 웃었다.

　가게에 돈을 넣고 준호와 민호는 나란히 판다 모자를 쓰고 사진을 찍었다. 얼마 뒤, 인쇄되어 나온 사진에 회색 하트는 보이지 않았다. 다정하게 웃고 있는 준호와 민호의 얼굴만 선명히 담겨 있었다.

## 4.
# 마음을 토닥여 주는 걱정 인형

수빈이는 친구 주아와 함께 급식실로 향했다. 오늘은 좋아하는 소시지가 나온다고 해서 신나는 마음으로 빠르게 걸어갔다. 급식 판을 들고 서 있는데, 급식 조리사 선생님께서 수빈이의 웃는 얼굴이 이쁘다며 소시지를 가득 올려주셨다. "감사합니다."라고 인사를 하고는 급식실 끝 쪽 자리에 앉아 소시지 하나를 집어 입에 넣으려 할 때였다. 수빈이 앞에 서서 쳐다보고 있던 곤이가 놀리듯 말했다.

"와, 돼지가 돼지를 먹네."

곤이의 말에 주변에 있던 다른 학년 아이들까지 깔깔거리며 웃었다. 갑작스러운 놀림에 얼굴이 새빨개진 수빈이는 놀리지 말라고 곤이에게 소리를 질렀다. 하지만 곤이는 멈추지 않았다.

"놀리지 마!"

결국 수빈이는 자리에서 일어나 곤이에게 숟가락을 던졌다. 쨍그랑 소리가 들리는 순간 급식실에 있던 학생들이 모두 수빈이를 쳐다보았다. 하지만 곤이는 멈추지 않았다. "돼지다.", "돼지가 돼지 먹는다."라며 수빈이를 놀려 댔다.

결국 수빈이는 자리에 주저앉아 울고 말았다. 돼지라는 말이 부끄럽기도 했고, 아이들 앞에서 웃음거리가 된 것이 더욱 창피했다. 웃음소리와 수빈이를 걱정하는 소리가 뒤섞여 급식실 안이 소란스러워지자 체육 선생님이 수빈이 자리 쪽으로 다가왔다. 울고 있는 수빈이를 대신해 주아는 선생님께 조금 전 상황을 이야기했다.

"쓸데없이 왜 친구를 괴롭혀?"

"괴롭힌 거 아닌데요. 사실만 말한 건데."

선생님 앞에서도 멈추지 않던 곤이는 결국 체육 선생님
께 끌려 나갔다.

"울지 마, 수빈아. 진짜 쟤는 왜 저래? 누가 초딩 아니랄
까 봐. 울지 마."

주아가 수빈이를 달랬지만 이미 마음을 다친 수빈이에겐
아무 소용없었다. 결국 급식을 다 먹지도 못하고 교실로 돌
아와, 그대로 책상에 엎드린 채 수업이 끝날 때까지 일어나
지 않았다. 혹시나 아까의 일로 아이들이 놀릴까 봐 두렵기
도 했다.

이런 일을 한두 번 겪은 게 아니었지만, 오늘따라 유난히
속상했다.


곤이를 처음 만난 건 수빈이와 곤이가 여섯 살 때였다. 어
릴 때부터 가족끼리 친했던 수빈이와 곤이는 예전엔 자주
어울려 놀며 친하게 지냈다. 4학년 때까지는 함께 종종 등
하교도 하곤 했으니까. 그런데 6학년이 되고 나서부터 곤이

는 수빈이를 모르는 척하거나 가끔 눈이라도 마주치는 날이면 꼭 심술궂은 말을 하고 지나갔다. 통통한 수빈이의 외모를 돼지라고 놀리기도 하고, 지나가다 머리를 잡아당기기도 했다. 하루는 빨리 가라며 계단에서 수빈이를 미는 바람에 넘어질 뻔한 일도 있었다. 옆에서 주아가 잡아주지 않았다면 그대로 굴러떨어졌을 것이다. 하지만 곤이는 미안하다는 말도 없이, 이번에도 돼지라고 부르며 웃고 지나가 버렸다. 처음에는 조금 짓궂은 장난이었다 해도, 시간이 지날수록 장난이라기보다는 괴롭힘에 가까워지고 있었다.

"엄마가 지금 잘 먹어야 잘 큰다고 했어!"

때로는 놀리는 곤이에게 소리를 지르며 달려들어 보기도 했지만 바짝 약을 올리는 곤이를 당해낼 수는 없었다.

"너무 잘 먹잖아. 나보다 두 배, 아니 세 배나 더 큰데?"

"아니거든!"

엄마와 아빠는 수빈이에게 항상 예쁜 딸이라고 말해주었고, 친구들도 수빈이의 큰 덩치를 특별히 놀리거나 하지는 않았다. 가끔 남자아이들이 놀린 적은 있지만, 크게 상처받지는 않았다. 하지만 이번 급식실에서 곤이가 한 말은 수빈이에게 큰 상처가 되었다. 수빈이는 곤이를 몰래 좋아하고 있었기 때문이다. 수빈이는 자신의 마음도 몰라주고 만날 때마다 심하게 놀리는 곤이가 미웠다.

종례가 끝난 후, 주아가 부르는데도 수빈이는 도망치듯 교실을 빠져나와 집으로 달려갔다. 오늘은 아무와도 말하고 싶지 않았다.

집으로 돌아간 수빈이는 거실에 가방을 벗어 던지고 책상에 가만히 앉아 거울을 바라보았다. 엄마 아빠가 맨날 이쁘다고 해주었는데, 거울 속에 보이는 자신의 얼굴이 실제로도 그렇게 못났다고 생각되지는 않았다.

"뚱뚱하긴 하지만, 엄마가 클 때는 잘 먹어야 한다고 하셨어. 그래야 나중에 키도 크고 병도 생기지 않는다고. 나는 엄마 말을 잘 들었을 뿐인데."

엄마는 지금은 통통해도 크면서 자연스레 살이 빠질 거라고 늘 이야기했다.

잠시 후 퇴근한 아빠를 붙잡고 수빈이는 진지하게 물었다.

"아빠. 나 돼지야?"

"으잉? 누가 이쁜 우리 딸보고 돼지래?"

"아니, 아빠. 아빠 딸이라서 이쁜 거 말고. 나 진짜 돼지 같아?"

"아니야. 지금은 커야 해서 잘 먹어야 해. 대신 그만큼 운동도 해야 하고."

"운동은 싫은데…."

"우리 딸, 갑자기 왜 이럴까. 누가 우리 수빈이 괴롭혀?"

"아니야."

수빈이는 까끌까끌한 수염을 비비려는 아빠를 밀어내고 방으로 들어왔다. 돼지는 아니지만, 운동은 해야 한다는 아빠 말이 이해되지 않았다.

수빈이는 공부보다 더 하기 싫은 것 중의 하나가 운동이다. 물론 운동을 하면 건강에도 좋고 살도 빠지겠지만 땀을 흘리며 움직이는 건 싫었다. 하지만 이대로 돼지라고 놀림받으며 지내고 싶지는 않았다. 수빈이는 유튜브에 '운동을 하지 않고 살을 뺄 수 있는 방법'을 검색했다. 많은 사람이 인증한 방법이라면 자신도 해낼 수 있지 않을까 하는 생각이 들었다. 하지만 유튜버들의 모든 결론은 하나. 운동하지 않고 빼는 살은 다시 돌아온다는 말이었다. 그리고 몇몇 콘텐츠에는 마지막에 건강을 해칠지도 모른다는 말이 꼭 들어 있었다.

하지만 수빈이는 그런 내용은 깊이 새겨듣지 않았다. 그래서 여러 가지를 검색해 본 후, 자신이 할 수 있는 가장 좋은 방법은 하루에 한 끼만 먹거나 며칠을 굶는 것이라고 멋대로 결론 내렸다. 먹는 것도 아주 좋아하지만, 며칠 굶는 것 정도는 그래도 할 수 있을 테니, 그것보다 나은 방법은 없을 것 같았다.

다음 날, 수빈이는 오늘부터 살을 빼겠다며 아침을 먹지 않았다. 엄마 아빠는 아침을 먹어야 공부도 잘되고 살도 빠지는 거라고 했지만, 이제는 엄마 아빠 말을 믿을 수 없었다.

"운동은 하기 싫으니까 안 먹으면 돼. 며칠 굶는다고 죽지는 않잖아."

그렇게 아침을 거르고 학교에 간 수빈이는 점심시간 전

스텔라의 무인 사진관

까지 배가 고파 수업에 집중할 수가 없었다. 결국 점심때, 안 먹은 아침까지 한꺼번에 많은 양을 먹어버렸다.

"흐익. 이걸 다 먹었어? 그러니 뚱뚱해지지."

수빈이의 급식 판을 본 곤이는 또 놀려대며 지나갔다. 수빈이는 안 들리는 척했지만, 속이 상했다. 매번 놀려대는 곤이를 다시는 좋아하지 않겠다고 다짐했다.

"너는 뭐! 못생겨서!"

수빈이는 빽빽 소리를 질렀지만 곤이의 놀림은 멈추지 않았다.

"그래도 나는 돼지는 아니잖아. 수빈이 넌 어른 옷 입어야 맞지?"

"그만해! 엄, 엄마한테 이를 거야!"

"일러라? 아니 돼지를 돼지라고 하지, 그럼 뭐라고 해?"

수빈이는 갑자기 할 말이 없었다. 어젯밤 거울 속에서 본 자기의 모습은 정말로 뚱뚱했으니까. 주눅이 든 수빈이는 고개를 숙이고 가만히 앉아 있었다. 매일 소리를 지르고 달려들던 수빈이가 아무 반응이 없자 걱정스러웠는지 곤이가 수빈이를 불렀다.

"야. 정수빈. 우냐?"

수빈이는 대꾸도 하지 않고 그대로 일어나 급식 판을 치운 후 교실로 돌아갔다. 그런 수빈이를 지켜보던 곤이는 자신의 머리에 꿀밤을 때렸다. 곤이는 놀리지 말아야지 하면서도 자꾸 수빈이만 보면 괴롭히고 싶은 생각이 들었다. 분명 상처받을 걸 알면서도 멈추지 못했던 것이다.

'왜 수빈이만 보면 장난을 치고 싶은 거야?'

그때 친구 준호가 어깨를 '탁' 하고 때렸다.

"그만 놀려. 진짜 상처받겠다. 너는 여자애들하고 말 한마디도 안 하면서 왜 정수빈만 보면 그러냐?"

"내가 뭘. 돼지니까 돼지라고 하지!"

곤이의 입에서는 또 자신의 마음과 다른 말이 튀어나왔다.

"너 혹시, 정수빈 좋아하냐?"

"말도 안 돼. 저런 돼지를. 빨리 축구나 하러 가자. 점심시간 끝나겠다."

절대 아니라고 소리를 버럭 질렀지만 곤이의 얼굴은 뻘

젛게 달아올랐다.

그날부터 수빈이는 점점 말이 없어졌다. 첫날부터 굶는데 실패했다는 좌절감과 우울감에, 억지로 굶지 않아도 밥이 잘 넘어가지 않았다. 그러다 어느 순간이 되면 자신도 모르게 한꺼번에 많은 양을 먹었다. 먹지 않다가 갑자기 먹다가를 반복하다 보니 오히려 이전보다 더 살이 찌는 것 같았다. 그리고 매일 아침 체중계에 올라가며 불안해했고, 조금이라도 몸무게가 늘어나면 머리카락을 쥐어뜯었다.

"이렇게 밥도 잘 안 먹는데 왜 살은 안 빠지지."

엄마는 그런 수빈이가 걱정되어 병원에도 데려가 봤지만, 딱히 고칠 방법은 없었다. 다만 의사는 이런 상태가 계속되면 거식증과 폭식증이 생길 수도 있고 소아 당뇨가 올수도 있으니, 꼭 운동을 하고 스트레스를 줄여야 한다고 얘기했다. 이런 상태가 심해지면 입원해야 하는 상황이 올 수도 있다는 것이었다.

병원에 다녀온 날 저녁, 엄마는 수빈이를 거실로 불렀다. 수빈이는 불만스러운 표정으로 소파에 앉았다.

"수빈아. 혹시 학교에서 무슨 일이 있었어? 엄마한테 얘기해 줄래? 담임 선생님도 전화하셨어. 요즘 친구들이랑도 사이가 좋지 않다며. 이렇게 안 먹다가 갑자기 많이 먹고 하면 큰일 나. "

"엄마가 맨날 괜찮다고 잘 먹어야 한다고 해서 잘 먹다 보니까 돼지가 됐잖아. 이쁜 옷도 못 입고, 돼지라고 놀림만 받고."

"그게 무슨 소리야. 돼지라고 누가 놀려? 그래서 친구들하고 사이가 안 좋아진 거야? 지금은 성장기라서 잘 먹어야 해. 그래야 키도 크고 건강해지지. 그리고 아빠가 그만큼 운동하면 된다고 했잖아. 엄마가 운동 학원 보내줄까?"

"운동도 해봤어. 걸어도 보고 뛰어도 보고. 근데 안 빠지잖아!"

수빈이는 엄마를 뿌리치고 방 안으로 들어가 버렸다. 다 엄마 탓이라고 생각했다.

그 뒤로 수빈이는 날이 갈수록 폭식이 심해졌고, 성격도 점점 난폭해지기 시작했다. 밖에서는 말이 없어졌고, 집에

오면 갑자기 화를 낸다거나 물건을 던지는 일도 잦아졌다. 친구 주아가 수빈이를 위로하러 다가왔지만, 주아와 대화하는 것도 거부했다. 그렇다 보니 점점 학교에서도 혼자 지내는 날이 많아졌다. 하지만 그런 건 상관없었고, 살이 빠지지 않는 것에만 신경을 썼다. 언젠가부터는 머리카락도 조금씩 빠지기 시작했다. 엄마는 병원에 입원이라도 시키려 했지만 수빈이가 싫다고 난동을 부리는 바람에 그마저도 할 수 없었다.

점점 지쳐가던 엄마는 곤이 엄마에게 전화해 속상한 마음을 이야기했다. 마침 옆에서 그 대화를 듣고 있던 곤이는 혹시나 자신 때문이라고 이야기를 하는 건 아닌지 걱정스러워 안절부절못했다. 하지만 곧 통화가 끝났다.

"엄마, 수빈이가 왜요?"

"많이 아프다는구나. 혹시 수빈이가 학교에서 무슨 일이 있었니?"

"잘 모르겠어요."

"아무래도 스트레스성 거식증과 폭식증이 같이 온 모양

인데.”

“거식증이요? 그게 뭐예요?”

“스트레스로 인해서 음식을 거부하는 거지. 폭식증은 한꺼번에 많은 양을 먹고, 또 다 토해내는 거고. 아휴, 아직 어린애가 무슨 스트레스가 있길래.”

곤이는 엄마의 말을 듣고 마음이 무거워졌다.

‘내가 너무 심했나 봐. 어쩌지?’

곤이는 수빈이가 싫어서 놀린 게 아니었다. 어릴 때부터 함께 어울려 다니던 수빈이가 5학년이 되자 늘 같이하던 등교도 함께 하지 않고 여자아이들과만 어울리는 것이 속상했다. 하지만 자신이 수빈이를 좋아하는 걸 들킬까 봐 수빈이에게는 직접 말을 할 수가 없었다.

그렇게 1년이 지나 6학년이 되던 날, 그대로 계속 수빈이한테 아무 말 못 하고 중학교에 가면 영영 멀어질 것 같았던 곤이는, 놀리면서라도 수빈이에게 관심을 받고 싶었던 것이다.

수빈이가 살이 좀 찌긴 했지만 곤이는 그런 모습도 귀여

웠다. 말을 걸고 싶었을 뿐인데 자신의 잘못된 방법 때문에 수빈이가 변한 것 같아 미안했고, 가벼운 장난이라 생각했던 말들이 수빈이에게는 큰 상처가 되었다는 걸 깨달았다.

곤이는 어떻게 해야 수빈이를 원래대로 돌릴 수 있을까 밤새 고민했지만 답을 찾지 못했다. 하지만 일단 수빈이를 만나야겠다고 생각해, 아침 일찍 학교로 가 교문 앞에서 수빈이가 오기만을 기다렸다. 하지만 들어가는 수빈이를 놓친 건지, 아니면 곤이보다 더 일찍 들어갔는지 만날 수 없었다.

어쩔 수 없이 학교로 들어간 곤이는 쉬는 시간마다 수빈이의 반을 찾았지만 수빈이를 볼 수 없었다. 핸드폰으로 전화를 해봐도, 톡을 보내봐도 응답이 없었다.

"저기,"

곤이는 지난번에 수빈이와 함께 있던 친구에게 물었다.

"오늘 정수빈 학교 안 왔어?"

"응. 몸이 안 좋아서 병원 갔다가 온다고 아까 선생님이 말씀하셨어."

"많이 아픈 건가. 곧 점심인데 그 전에 온대?"

수빈이의 친구는 고개를 끄덕였다. 곤이는 고맙다고 말하고는 교실로 돌아갔다.

'어디가 아픈 거지? 학교 마칠 때는 꼭 만나야겠다.'

수빈이가 아프다는 말에 걱정되었다.

학교를 마치고 곤이는 집으로 가는 수빈이를 발견했다.

"정수빈!"

수빈이는 뒤를 돌아보고 곤이인 것을 확인하고는 아는 척도 하지 않고 다시 걸어갔다. 곤이는 뛰어가 수빈이의 앞을 막았다.

"너 왜 불렀는데 그냥 가냐!"

"또 놀리려고?"

"아냐. 너 혹시 내가 놀려서 아픈 거냐?"

수빈이는 자신이 아프냐고 묻는 곤이가 이상하다고 생각했다.

"아프다니? 나 안 아픈데?"

"너 갑자기 먹다가 또 갑자기 안 먹고 한다며."

"그건 그냥 배가 고프다, 안 고프다가 하니까 그렇지. 아프지 않아.”

“내가 놀려서 그런 거냐고.”

수빈이는 곤이를 빤히 쳐다보고는 그냥 지나치려 했다.

“대답 좀 해.”

“몰라. 돼지랑 왜 말을 해? 저리 가.”

곤이는 화가 난 듯 말하는 수빈이의 모습에 당황했다. 놀려도 웃거나 귀여운 표정으로 화를 내던 수빈이의 얼굴이 아니었다. 곤이는 수빈이를 잡으려다 뒤에 몰려오는 친구들을 보고 더 물어보지 못하고 길을 비켜주었다. 가까이에서 보니 늘 뽀얗던 수빈이의 얼굴이 까매져 있었다.

수빈이는 아프냐는 곤이의 말을 계속 떠올렸다. 배가 고프면 먹고, 먹기 싫으면 안 먹었을 뿐인데, 아프냐고 묻다니. 수빈이는 또 자기를 놀리려는 게 분명하다고 생각했다.

힘없이 걸어가던 수빈이는 골목길 가게 유리창에 비친 자기 모습을 보았다. 여전히 뚱뚱한, 아니 오히려 더 뚱뚱해진 데다 얼굴까지 까매져 보기 싫은 얼굴이었다. 수빈이는 왜 자신만 이렇게 생겨야 하는지 억울한 마음이 들었다.

그때 가게 안에서 긴 머리의 여자가 문을 열고 나왔다. 여자는 수빈이를 가만히 바라보다 안으로 잠깐 들어오라며 손짓했다.

"저요?"

"네. 잠시 들어와요."

수빈이는 그냥 지나쳐 갈까 고민하다 결국 그 여자를 따라 가게 안으로 들어갔다.

"안녕하세요."

"안녕? 나는 가게 주인 스텔라라고 해. 혹시 안을 바라보고 있었니?"

"아뇨. 유리창에 비친 모습을 보고 있었어요."

"왜?"

수빈이는 아무 말도 하지 못했다. 왜인지 스텔라의 질문에 눈물만 왈칵 쏟아졌다. 스텔라는 아무 말도 하지 않고 수빈이의 손을 잡았다. 그러고는 보라색 커튼이 쳐진 사진기 안으로 데리고 들어가 사진기에 지폐를 넣었다.

"어어, 저는 사진 찍으러 온 게 아닌데요."

"알아. 그래도 한 번 찍어봐."

스텔라는 무작정 버튼을 누른 후 밖으로 나갔다. 그러자 플래시가 터지며 수빈이는 어딘가로 이끌리듯 빨려 들어갔다. 플래시에 눈을 감았던 수빈이가 낯선 느낌에 눈을 뜨자 어느 작은 방 안에 들어와 있었다. 그리고 맞은편에 앉아 있는 스텔라를 보고 깜짝 놀랐다.

"여기가 어디예요? 절 납치한 거예요?"

"풉. 납치라니. 여긴 내 방이야. 코코아 한 잔 마실래?"

수빈이는 고개를 저었다.

"코코아 마시면 살쪄요."

"그거 한 잔에 살이 찐다면 물을 마셔도 살이 찔 텐데?"

수빈이는 순간 욱하고 말았다. 신경질적으로 컵을 밀치고는 자리에서 일어났다.

"아줌마가 뭘 안다고 그래요? 여기에 절 왜 데려왔어요?"

스텔라는 수빈이의 말이 끝나기를 기다렸다가 차분한 말투로 대답했다.

"얼굴이 왜 까맣게 변했는지 이제 알겠네. 화내지 말고 앉아."

스텔라는 웃으며 수빈이의 손을 잡고 자리에 앉혔다. 다정한 스텔라의 말을 들으니 갑자기 화를 낸 것에 미안한 마음이 들었다. 수빈이는 스텔라와 눈을 마주치지 못하고 손만 만지작거렸다. 스텔라는 뒤편에 있는 테이블에서 코코아 한 잔을 타 수빈이 앞에 놓아주었다.

"죄송해요. 요즘 갑자기 화가 나서요. 그런데 제가 왜 여기 들어와 있어요?"

"괜찮아. 너는 내가 직접 선택한 손님이니까. 여기에 내가 널 초대한 거야."

"선택한 손님이요?"

"응. 고민이 많아 보였거든. 이름이 뭐야?"

"정수빈이에요."

"이쁜 이름이네. 나는 여기 사진관 주인이야. 가게에 잠시 정리하러 왔다가 서 있는 수빈이를 봤거든. 무슨 일 있니?"

머뭇거리던 수빈이는 좋아했던 곤이에게 놀림을 받고부

터 살을 빼고 싶다고 생각했던 이야기를 꺼냈다. 그런데 살을 빼려고 노력하면 할수록 더 찌는 것 같고, 자꾸 나쁜 마음만 생기는 것 같았다고 말이다.

수빈이는 말을 하는 동안 계속 울먹거렸다. 말을 끊지 않고 모두 듣고 있던 스텔라는 고개를 끄덕였다.

"음식만 먹지 않는다고 살이 빠지지는 않아. 더구나 성장기인 지금은 잘 먹어야 해. 그렇게 살이 빼고 싶으면 운동하면 되잖아."

"왜 자꾸 다들 운동하래! 운동했어요. 달리기도 하고 걷기도 했어요."

"매일 했어?"

스텔라는 수빈이를 바라보았다.

"학교 가서 체육하고, 집에 오는 동안 걸어오고, 그럼 매일 하는 거 아닌가요?"

"그거랑 운동은 달라. 그리고 외모가 중요한 게 아니야. 마음이 중요하지."

"말도 안 돼요. 예뻐야 놀림당하지 않고 마음도 예뻐지는 거예요. 맨날 놀림을 받으니 점점 나쁜 생각만 하게 되고, 나쁜 말만 하게 돼요. 작은 일에도 화가 나고요."

수빈이는 두 주먹을 불끈 쥐었다.

"핑계일 뿐이야. 그리고 마음이 예뻐야 얼굴이 예뻐지는 거야. 먹지 못하니 예민해지고, 예민해지는 만큼 화도 많아지고. 너 아까 유리창에 비친 네 얼굴 봤지? 까맣고 울상인 얼굴. 마음이 엉망이니까 얼굴도 점점 울상이 되어가는 거야."

스텔라는 단호하게 말했다.

"안 먹고 싶은데, 배가 고파요. 하지만 먹고 나면 후회가 돼요. 그럼 또 굶는데, 이틀을 굶어도 살은 안 빠져요."

"그렇게 규칙 없이 안 먹으니까 그렇지. 규칙적인 식사를 하지 않으면 그렇게 되는 거야. 그리고 또 말하지만, 외모가 중요한 게 아니야. 마음이 중요한 거지."

"자꾸 무슨 마음이라는 거예요?"

"자신감. 자기를 사랑하는 마음. 살 좀 찌면 어때? 너 자신을 네가 사랑해야지. 그래야 다른 사람도 널 사랑하는 거

야. 놀리는 사람? 그런 사람 때문에 너를 망가뜨릴 필요가
있을까?"

"망가뜨렸다고요?"

스텔라는 일어나서 작은 손거울을 가져왔다. 그리고 수
빈이의 얼굴을 비추어 보였다.

"가끔 다른 친구와 네가 걸어가는 걸 본 적이 있어. 그때
참 뽀얗고 귀여운 여자아이라고 생각했거든. 친구가 넘어지
니 자기 일처럼 놀라서 일으켜 주는 마음이 예쁜 아이. 그런
데 오늘 보니 얼굴에 심술이 덕지덕지 붙어 있더구나. 살을
빼고 있는데도, 자꾸 더 살이 찌는 거 같지? 그걸 심술보라
고 하는 거야."

"심술보라고요?"

수빈이는 자신의 볼을 만졌다.

"응. 운동이라는 건 매일 규칙적으로, 또는 일주일에 몇
번, 이렇게 자신과 약속하고 즐겁게 하는 거야. 건강한 하루
를 보내야 하는 거라고. 노력은 하지 않고 결과만 바라니 원
하는 결과가 나오지 않으면 화를 내게 되고, 결국 심술보가

온몸에 덕지덕지 붙는 거야."

스텔라는 잠시 숨을 고르고 말을 이어나갔다.

"사람의 얼굴에는 그 사람의 마음이 담겨 있어. 착한 사람의 얼굴에는 예쁜 미소가 담겨 있고, 못된 사람의 얼굴엔 심술보가 크게 붙어 있어. 살이 찌고 안 찌고가 중요한 게 아니야."

"그래도 못생겼다고 놀리잖아요."

"신경 쓰지 마. 다른 사람의 마음을 보지 못하는 사람은 다른 사람에게 자신의 마음도 보여줄 수 없어. 그런 사람 때문에 너를 망가뜨리지 마."

수빈이는 스텔라의 말을 듣고 생각에 잠겼다. 늘 자신을 예쁘다고 해준 부모님, 친구들의 말은 듣지 않고 자신을 놀리는 말만 듣고 행동했던 자신의 모습이 떠올랐다. 떠올려 보면 자신을 아끼는 사람들의 말은 언제나 수빈이를 행복하게 해주었다. 놀리는 사람들보다 아껴주는 사람들이 더 많다는 걸 잊고 있었다.

"맞아요. 이런 나를 예쁘다고, 괜찮다고 말해주는 사람들

이 있었는데 왜 그 말은 생각하지 못했을까요?"

스텔라는 팔을 뻗어 수빈이의 머리를 쓰다듬었다.

"당연히 그럴 수 있지. 너는 아직 어리고 사람들의 마음을 다 알지 못하니까."

스텔라의 말에 수빈이는 마음이 가벼워지는 것 같았다. 화로 가득 찼던 마음이 무언가에 시원하게 녹아내리는 듯했다.

"고맙습니다. 마음이 가벼워졌어요. 마음이 예쁜 사람들 얼굴에 예쁜 미소가 담긴다는 말, 잊지 않을게요."

수빈이는 밝은 얼굴로 밀어놨던 코코아를 마셨다. 유난히 달콤하고 맛있는 코코아였다.

"저는 이제 가볼게요. 엄마 아빠에게 잘못했다고 말해야겠어요. 오늘 정말 고마웠어요."

"그래. 자, 이거 가져가."

"이게 뭐예요?"

스텔라는 수빈이에게 갈래머리를 땋은 인형을 주었다. 어릴 때 들고 다니던 토끼 인형과 크기가 비슷했다.

"상처를 치료해 주는 걱정 인형. 누군가가 못된 말을 해서 상처받거나 속이 상할 때 이 인형을 안아봐. 그럼 마음에 있던 상처가 사라질 거야."

"마음의 상처?"

"응. 수빈이는 어려서 아직은 잘 모르겠지만 수빈이는 마음에 상처가 생겨서 아팠던 거야. 그럴 때마다 이 인형을 안아보렴. 아픈 마음도, 걱정하는 마음도 이 인형이 위로해 줄 거야."

"누가 놀리거나 해서 기분이 안 좋거나 속상할 때요?"

"응, 그럴 때."

"네, 감사합니다."

"다음에 지나갈 때는 예전처럼 예쁘게 웃어. 저 문으로 나가면 사진관으로 다시 돌아갈 거야."

수빈이는 고개를 끄덕였다. 스텔라는 수빈이의 손을 잡고는 밝게 웃었다.

수빈이가 문을 열자 다시 사진관으로 돌아왔다. 인형과 가방을 챙긴 수빈이는 사진관에서 나와 집으로 걸어갔다.

기분 좋게 집으로 향하던 수빈이는 집 앞에서 기다리고 있는 곤이를 보았다. 그런데 아까처럼 화가 나지는 않았다.

"정수빈."

"여기서 나 기다렸어?"

곤이는 머리를 긁적이며 대답했다.

"어. 저기… 놀려서 미안해, 정수빈. 우리는 가족끼리 자주 보기도 했고, 편해서 나도 모르게 그랬어. 너 돼지 아니야. 귀, 귀여워."

곤이의 말에 수빈이는 얼굴이 빨개졌다.

"아무튼, 내가 운동하는 거 도와줄게. 너희 엄마가 걱정 많이 하시더라. 잘 못 먹는다고. 저녁 맛있게 먹고 매일 저녁 7시에 여기 놀이터로 나와."

"나 운동 싫은데…."

"운동한다 생각하지 말고 나랑 논다고 생각해. 재미있게 할 수 있는 걸로 준비해 올게. 살을 빼라고 하는 게 아니라. 진짜 건강해지라고."

"알았어."

"그런데 왜 내가 놀려서 그런 거라고 말하지 않았어? 부모님께."

수빈이는 곤이의 말에 잠시 머뭇거렸다.

"네가 곤란해지니까. 그리고 굳이 네 놀림 때문만은 아니었어. 내 생각이 문제였지."

"그랬구나. 다시 한번 사과할게. 미안해, 고맙고. 그럼 오늘 저녁부터다!"

곤이는 손을 흔들고 집이 있는 옆 동으로 뛰어갔다. 수빈이는 얼떨떨한 기분으로 손을 흔들었다. 곤이와 같이 운동을 한다니, 잘할 수 있을까. 수빈이는 곤이가 어떤 운동을 준비해 올까 기대되었다.

집으로 돌아온 수빈이는 주방에서 음식을 만들고 있는 엄마에게 다가갔다.

"엄마."

"수빈이 왔어?"

엄마는 수빈이의 목소리에 뒤를 돌아보았다. 수빈이는 엄마에게 다가가 말했다.

"엄마, 미안해요. 이제부터는 잘 먹고 운동할게요. 곤이가 도와준다고 했어요."

엄마는 수빈이를 끌어안았다.

"너는 누구보다 이쁘고 사랑스러운 엄마 아빠의 딸이야. 우리 수빈이가 건강해야 엄마 아빠도 행복해. 알지?"

"네. 죄송해요."

"아니야. 아마 수빈이가 그동안 잘 먹지 않아서 바로 밥을 먹기엔 힘들 거야. 엄마가 죽 만들고 있으니까 이따 먹고 운동하러 가."

"네."

수빈이는 방으로 들어가 가방을 내려놓고 아까 받았던 걱정 인형을 꺼냈다. 평범해 보이는 인형이 마음을 치유해 준다니. 수빈이는 머릿속으로 스텔라를 떠올렸다.

수빈이는 인형을 침대에 놓아두고는 거실로 나갔다. 잠시 후 엄마가 끓여준 죽을 한 숟갈 먹으려던 순간 수빈이는 그대로 다 토해내고 말았다. 놀란 수빈이가 눈물을 글썽이자 엄마는 괜찮다며 다독여 주었다.

"괜찮아. 이겨내야지, 수빈아. 천천히 꼭꼭 씹어서 조금만 더 먹어봐."

그 후로 억지로 겨우 두 숟갈을 더 먹었지만 더 이상 먹을 수가 없었다. 그동안 왜 그렇게 스스로를 힘들게 했을까 후회가 되었다.

속이 상한 수빈이는 방으로 들어와 걱정 인형을 끌어안았다. 그러자 이상하게도 울렁거리던 속이 조금은 가라앉는 기분이었다. 잠시 누워 마음을 달래던 수빈이는 곤이와의 약속을 지키기 위해 놀이터로 나갔다. 곤이가 미리 와서 배드민턴 가방을 들고 서 있었다.

"수빈아! 저녁은 먹었어?"

"아직은 잘 먹질 못해서."

"그럼 무리하지 말고 조금만 하고 들어가자."

먹은 게 없어 힘이 들었지만, 배드민턴은 꽤 재미있었다. 처음엔 날아오는 공을 하나도 받아치지 못했지만, 곤이가 천천히 운동 방법을 알려주고 수빈이가 무리하지 않는 선에서 운동을 도와주었다.

그렇게 매일 꾸준히 운동량을 늘리다 보니 얼마 지나지 않아 공을 떨어뜨리지 않고 곤이와 칠 수 있게 되었다. 그리고 첫날엔 죽 한 숟가락도 먹기 힘들었던 식사량도 점점 늘어갔다. 그렇게 일주일이 지나자 수빈이의 거식증과 폭식증은 거의 사라졌다. 병원에서도 다행이라며 이제 병원에 오지 않아도 된다고 했다.

음식도 잘 먹고, 곤이와 매일 꾸준히 운동도 하다 보니 많이 먹어도 살이 조금씩 빠지기 시작했다. 여전히 놀리는 친구들의 말에 기분이 울적할 때면 스텔라에게 받은 걱정 인형을 끌어안았다. 그럴 때마다 스텔라의 말대로 울적한 마음이 사라졌으니까.

좋은 기분으로 생활하니 얼굴은 점점 화사해졌고, 만나는 사람들마다 수빈이에게 예뻐졌다며 칭찬을 아끼지 않았다. 외모가 바뀌어 좋은 것보다 뽀얗고 잘 웃던 자기 얼굴을 찾아서 수빈이는 행복했다.

"다시 예뻐졌네. 정수빈."

배드민턴을 치다 숨을 가쁘게 내쉬던 곤이가 수빈이의

얼굴을 보며 얘기했다. 수빈이는 갑작스러운 곤이의 말에 부끄러웠지만, 놀리지 않고 예쁘다고 말해주는 곤이가 고마웠다.

"고마워, 곤아. 네 덕분에 운동도 배우고 건강도 좋아지고, 살도 빠지고. 얼굴도 다시 밝아진 거 같아. 아무래도 네가 내 걱정 인형인가 봐."

"걱정 인형?"

고개를 갸우뚱거리는 곤이를 보고 수빈이는 크게 웃었다.

"비밀."

그리고 한 달이 지나자, 더 이상 수빈이에게는 걱정 인형이 필요 없었다. 그래서 스텔라에게 인형을 돌려주려고 몇 번 사진관을 찾아가 기다려보고 사진도 찍어봤지만, 좀처럼 만날 수가 없었다. 그러던 어느 날, 가게 앞을 지나던 수빈이는 가게를 정리 중인 스텔라를 발견하고는 반가운 마음에 이름을 부르며 뛰어갔다.

"스텔라!"

수빈이의 목소리에 스텔라도 정리하던 걸 내려놓고 일어

나 수빈이를 반겨주었다.

"수빈이구나. 와, 너 엄청 예뻐졌다."

"진짜요? 스텔라 말대로 꾸준히 운동하니까 몸도 건강해지고 살도 빠졌어요. 고마워요."

수빈이는 웃으며 자리에서 한 바퀴 빙그르르 돌았다.

"수빈이 네가 밝아져서 그런 거야."

"아니에요. 모두 스텔라 덕분이에요. 미운 마음을 없애고 좋은 생각만 했거든요. 울적할 때는 이 걱정 인형을 안았고요. 그랬더니 마음이 편안해졌어요. 곤이도 저에게 예뻐졌다고 했어요. 저 진짜 예뻐졌어요?"

수빈이의 미소가 반짝거렸다.

"응, 예뻐. 웃는 모습. 인형 값은 제대로 받았네!"

수빈이는 자기 일처럼 기뻐해 주는 스텔라가 고마웠다. 어느새 두 사람의 웃음소리가 가게 안에 가득 찼다.

"다음에 곤이랑 같이 사진 찍으러 올게요."

"곤이는 이제 놀리지 않아?"

"네. 예쁘다고 칭찬해 주고 같이 운동도 해요."

"응, 꼭 같이 와서 사진 찍어."

"네. 걱정 인형은 이제 돌려드릴게요."

스텔라는 수빈이가 건네준 인형을 받았다. 돌려주지 않아도 된다고 했지만 수빈이는 이제 필요 없다고 했다.

"저 말고 저처럼 마음 아픈 친구들에게 또 주세요. 이제 알았어요. 가족과 친구가 제 걱정 인형이라는 걸."

"그래? 수빈이만의 걱정 인형을 찾았구나?"

"네. 걱정 인형은 언제나 제 가까이 있다는 걸 잊고 있었어요. 스텔라, 우리 또 만날 수 있을까요?"

"그럼."

스텔라는 수빈이의 머리를 쓰다듬었다.

그때 밖에서 수빈이를 부르는 곤이의 목소리가 들렸다.

"정수빈! 빨리 가자!"

수빈이는 곤이를 향해 손을 들어 올리고는 스텔라를 바라보았다.

"그럼 또 올게요, 스텔라. 감사했습니다."

햇살처럼 웃던 수빈이는 다시 오겠다며 인사를 하고 사

진관을 나갔다.

"정말 예쁘네. 저 아이."

스텔라는 수빈이가 뛰어가는 모습을 한참 바라보았다.

## 5.
# 꿈을 찾아주는 여우 가면

"자, 다들 종이 받았죠? 수요일까지 자신의 꿈에 대해 써 오면 돼요. 그림을 그려도 좋고 글로 써도 좋아요. 차례대로 발표할 테니까 다들 준비해 오세요."

"네."

담임 선생님이 나누어준 종이에는 장래 희망을 적어 오라는 안내문이 적혀 있었다. 학교에서는 해마다 학기 초가 되면 장래 희망에 대해 묻곤 했다. 하지만 종이에 써서 내기만 했던 이전과는 달리 이번엔 발표까지 직접 해야 했다. 예전엔 아무거나 생각나는 대로 적었지만, 어느 순간부터 도윤이는 장래 희망에 관해 이야기하는 것이 어려워졌다. 도윤이는 종이를 받아 들고 가만히 바라보았다.

'꿈. 장래 희망. 작년에는 경찰이라고 썼던 것 같은데, 올해는 뭘 쓰지? 발표는 또 어떻게 해야 하지?'

한 번도 자신이 정말로 뭘 좋아하고 잘하는지 생각해 보지 않았던 도윤이는 작년에는 무작정 경찰이라고 적었다. 정말 경찰이 되고 싶었던 건 아니지만 만약 커서 직업을 가지게 된다면 경찰이 가장 멋질 것 같아서였다.

'또 경찰이라고 써야 하나.'

일주일이 지나도록 아무리 생각해도 경찰 말고는 떠오르는 꿈이 없었던 도윤이는 결국 다시 경찰이라고 써서 제출했다.

돌아온 수요일 수업 시간. 한 사람씩 차례로 나와 자신의 꿈에 대해 발표했다. 그중에서도 서준이의 발표는 최고였다. 동화작가가 되고 싶다는 서준이는 친구들 앞에서 자신이 왜 동화작가가 되고 싶은지, 그러기 위해서 어떻게 노력

할 건지 등을 막힘 없이 완벽하게 말했다. 그런 서준이의 모습을 보고 친구들은 아낌없이 손뼉을 쳤다.

'어쩜 저렇게 당당하게 잘할 수 있지? 진짜 하고 싶은 일이라서 그런가.'

"장도윤."

멍하게 있던 도윤이는 선생님의 부름에 천천히 앞으로 나갔다. 그리고 그려온 경찰 그림을 칠판에 붙인 뒤 발표를 시작했다.

"저, 저는… 경… 경찰이… 되고 싶습니다."

앞에 서서 친구들을 바라보자 너무 떨려 말을 더듬었다. 얼굴이 불타오르는 것 같았다.

"경찰이 되고 싶은 이유는 멋지기 때문입니다."

친구들은 다음 말을 기다리는 듯 보였다. 도윤이는 친구들의 시선을 피해 고개를 숙였다. 칠판에 붙여둔 그림을 떼어내고 자리로 들어가려고 할 때 담임 선생님이 도윤이를 불러 세웠다.

"도윤아. 네 꿈이 정말 경찰이니?"

  스텔라의 무인 사진관

"네? 네."

도윤이는 새빨개진 얼굴로 대답했다.

"음. 정말? 네가 하고 싶은 일이야? 그럼 경찰이 어떤 일을 하는지, 어떻게 해야 경찰이 되는지에 대해서는 조사해 봤니?"

도윤이는 순간 심장이 철렁했다. 경찰이 되고 싶다고는 했지만 범인을 잡는다는 것 말고는 어떤 일을 하는지, 어떻게 되는지에 대해서는 생각해 본 적이 없었기 때문이었다. 결국 도윤이는 "잘 모르겠습니다."라고 대답했다.

"네가 생각한 너의 장래 희망인데, 어떤 일을 하는지 잘 모르겠어? 진지하게 생각해 본 건 맞니?"

선생님의 말은 다정했지만 도윤이는 혼이 난 것 같은 기분이 들었다.

"도윤이가 정말 하고 싶은 일이 뭔지, 왜 하고 싶은지 천천히 다시 생각해 봤으면 좋겠어. 무작정 멋있어서 하고 싶다, 가 아니라 말이야. 자리로 돌아가도 좋아."

도윤이는 어깨가 축 처진 채 자리로 돌아가 앉았다.

모든 친구의 발표가 끝난 뒤 선생님은 몇 명의 이름을 불렀다. 그중에는 도윤이도 포함되었다.

"이 학생들은 2주 후 수요일에 다시 발표해야 해요. 천천히 자신이 하고 싶은 일을 생각하고 준비해 오세요."

'어휴, 또 어떻게 준비해.'

도윤이는 다시 발표를 해야 한다는 생각에 기분이 좋지 않았다.

수업이 끝난 뒤, 힘없이 가방을 챙기는 도윤이에게 서준이가 다가왔다.

"도윤아, 영어 학원 바로 갈 거지? 같이 가자."

"응."

도윤이는 가방을 메고 서준이와 함께 교문으로 향했다. 평소와 달리 말이 없는 도윤이의 모습을 보고 서준이가 걱정스레 물었다.

"무슨 걱정 있어? 아까 발표 때문에 그래?"

"응. 발표 준비를 다시 해야 한다고 생각하니 가슴이 답답해. 하고 싶은 게 뭔지도 잘 모르겠는데…. 서준이 너는 발표를 어쩜 그렇게 잘해? 동화작가라는 꿈이 있어서 그런 가."

"잘하긴. 내가 좋아하는 일을 친구들에게 소개한 것밖에 없는데."

"그게 대단한 거지. 발표 잘하는 것도, 꿈이 있는 것도. 너는 요즘엔 학원도 많이 가지 않잖아. 그런데 공부도 잘하고, 말도 잘하고. 우리 엄마는 학원을 열심히 다녀야 공부도 잘하게 되고 좋은 직업을 가질 수 있다고 하셨는데 서준이 널 보면 꼭 그런 것 같지도 않아."

"우리 엄마도 그랬어."

서준이는 도윤이에게 자신이 부모님 앞에서 했던 발표 이야기를 들려주었다. 자신의 꿈을 위해 많은 학원을 다니지 않고도 어떻게 계획을 세우고 공부할 건지에 대해 이야기했다고 했다.

"진짜? 그런데 넌 언제부터 동화작가라는 꿈이 생긴 거야?"

"어릴 때부터 책을 좋아했어. 책을 읽다 보니 나도 이런 책을 쓰고 싶다는 마음이 생겼고, 동화작가가 되고 싶었어."

동화작가라는 단어를 말할 때마다 서준이의 눈에서 빛이
나는 것 같았다.

"그렇게 발표했더니 다 들어주셨어? 하긴 똑 부러지는
네 말에 당연히 허락해 주셨겠지."

하고 싶은 게 매번 바뀌고, 자기가 뭘 좋아하는지도 잘 모
르는 도윤이로서는 확신에 찬 얼굴로 꿈이 있다고 말하는
서준이가 무척이나 부러웠다. 도윤이는 속상한 마음을 서준
이에게 모두 털어놓았다.

"부러워. 아직 우리는 어린데, 너는 꿈이 있고 그 꿈을 향
해 노력하는 게."

"도윤이 네 말대로 우리는 어리잖아. 너도 앞으로 꿈이
생기지 않을까?"

"그럴까…? 난 뭘 하고 싶은 걸까."

"나도 처음부터 무조건 동화작가가 될 수 있다고 생각한
것도 아니고, 발표를 잘했던 것도 아니야. 아마 그분을 만나
지 않았다면 엄마 뜻대로 의사가 되기 위해 더 많은 학원을

겨우 다니고 있을지도 몰라."

"그분?"

도윤이의 풀죽은 모습이 안쓰러웠는지, 서준이는 특급 비밀이라며 조심스레 자신이 찾아갔던 사진관에 관한 이야기를 해주었다.

"스텔라의 무인 사진관? 거기 혼자 가서 사진 찍었어?"

"응. 학원이 가기 싫어서 천천히 걸어가던 날이었어. 근데 무언가가 나를 끌어당기는 것 같았어. 그래서 용기를 내서 들어갔지. 혼자 사진을 찍는다는 게 솔직히 부끄럽잖아? 그냥 나오려다가 사진관 안으로 사람들이 들어오는 바람에, 얼떨결에 사진기로 들어갔다가 사진을 찍게 됐어."

사진을 찍는 순간 서준이는 사진관에서 스텔라는 가게 주인을 만났다고 했다. 그곳에서 받은 안경의 신비한 기운 덕에 용기를 낼 수 있었고, 부모님을 설득할 수 있었다는 것이다.

"에이, 그런 사진관이 어디 있어."

"진짜야. 플래시가 빵 하고 터지는 순간에 어떤 작은 방으로 끌려 들어갔어. 거기서 스텔라가 내가 찍은 사진을 보여주더라고. 가슴 쪽에 회색 하트가 찍힌 사진."

도윤이는 서준이의 말이 믿어지지 않았다. 그런 사진관이 있다면 이미 소문이 나지 않았을까. 하지만 서준이의 말을 듣고 곰곰이 생각하다가, 서준이의 말을 한번 믿어보기로 했다. 만약 자신도 안경을 얻으면 꿈이 생기지 않을까 싶기도 했다.

"그 사진관이 어디에 있었다고?"

"학원으로 가는 골목길에. 지금 가보려고? 같이 가줄까?"

"아니야. 넌 학원도 빠지지 않겠다고 약속했다며. 먼저 학원으로 가. 나도 들렀다가 갈게."

"응. 혹시 스텔라를 만나지 못하더라도 속상해하지 말고."

"응."

도윤이는 서준이를 먼저 보내고 알려준 장소로 향했다. 도착한 사진관 안은 사람들로 북적거렸다. 학교를 마치고 나온 아이들이 모여 사진을 찍기 위해 찾아온 듯했다. 사람이 없으면 서준이처럼 들어가서 얼른 찍고 나오면 되겠지만 혼자는 부끄러웠다. 머뭇거리던 도윤이는 결국 들어가지 못했다. 아쉽지만 학원을 마친 후 다시 찾아오기로 하고 발길을 돌렸다.

학원 수업 중에도 스텔라를 만나면 어떤 말을 해야 할지 계속 고민했다. 꿈을 찾을 수 있는 안경을 달라고 할까? 아니면 꿈을 이룰 수 있는 안경을 달라고 할까? 상상하면 할수록 기대감이 더 커졌다.

행복한 상상만 하다가 학원 수업이 끝났고, 도윤이는 다시 한번 사진관으로 달려갔다. 이번에는 사람들이 보이지 않는 사이에 사진기로 들어가 지폐를 밀어 넣고, 심호흡을 크게 하고는 촬영 버튼을 눌렀다. 서준이의 말에 따르면 플래시가 켜질 때 눈을 감았다 떴더니 스텔라를 만날 수 있었다고 했다. 찰칵, 하는 소리와 동시에 도윤이는 눈을 감았다. 하지만 도윤이는 사진관에 그대로 있었다. 서준이가 이야기한 방도 나오지 않았고 스텔라도 없었다.

주머니에서 지폐를 꺼내 다시 한번 사진을 찍었지만 아

무런 변화가 없었다.

"뭐야? 서준이 말대로라면 그 사람을 만나야 하는데."

혹시나 하는 마음에 사진을 봤지만 서준이가 말했던 회색 하트도 없었다. 눈을 감고 찍힌 자신의 모습뿐.

도윤이는 실망한 채로 사진관을 나왔다. 왜 서준이의 고민만 들어주고 자신의 고민은 들어주지 않을까. 수업 내내 상상했던 말들도 결국 할 수 없게 되어버렸다.

"장래 희망 적어 가야 하는데…. 난 도대체 뭘 써야 하는 거야."

도윤이는 무거운 마음으로 집으로 돌아갔다. 그날 밤 내내 스텔라와 안경 생각에 잠도 제대로 자지 못했다. 왜 자신은 스텔라를 만날 수 없었을까.

다음 날, 등굣길에 만난 서준이에게 어제의 이야기를 들려주었다.

"진짜? 하트도 보지 못했고?"

"응. 이거 봐. 눈 감은 내 사진뿐이야."

"스텔라가 고민이 있으면 회색 하트가 나온다고 했는데.

왜 회색 하트가 나오지 않았지?"

"꿈에 관한 생각을 적게 했나. 오늘 다시 한번 가봐야겠어."

"오늘도? 용돈은 남아 있어?"

"아 참, 어제 다 썼지. 일주일이나 더 남았는데."

도윤이는 어제 사진을 찍느라 용돈을 모두 써버렸다. 엄마에게 조금 더 받을까 생각했지만 사진을 찍는 데 모두 썼다고 하면 혼이 날 게 분명했다. 어쩔 수 없이 다음 주에 가보는 수밖에. 그래도 발표하는 날 전에는 받을 수 있으니 다행이라 생각했다.

도윤이는 용돈을 다시 받는 날까지 매일 사진관 앞에 서 있었다. 괜히 근처를 기웃거리거나 메모를 남겨놓아 보기도 했다. 스텔라에게 꼭 할 말이 있으니 만나고 싶다고. 하지만 도윤이의 메모는 다른 사람들의 메모에 덮여 보이지 않았다.

"학생, 매일 이곳에 오는 것 같구먼."

가게에서 머뭇거리다 막 사진관을 나오는 순간 옆 가게의 아저씨가 말을 걸어왔다. 커다란 키에 덩치도 아주 큰 아저씨는 무릎을 두 손으로 짚고 도윤이와 눈을 맞추었다.

"네. 만날 사람이 있어서요."

"누구 말인가? 스텔라?"

스텔라라는 이름에 도윤이는 깜짝 놀랐다.

"네, 맞아요! 언제 오면 만날 수 있나요? 아니, 어디로 가면 만날 수 있나요?"

도윤이는 아저씨 앞으로 바짝 다가갔다.

"글쎄. 가끔 청소하러 올 때? 급한 일이 있구나."

"꼭 물어보고 싶은 게 있어서요. 꼭 만나고 싶은데 한 번도 못 만났어요. 다음 용돈 받을 때까지 사진도 찍을 수 없는데."

아저씨는 인상을 쓰며 이야기하는 도윤이를 웃으며 바라보았다.

"혹시 스텔라를 만나게 되면 꼭 전해주마."

도윤이는 동그랗게 커진 눈을 반짝이며 아저씨에게 바짝다가갔다.

"정말이죠? 감사합니다. 정말 감사합니다."

"이름이 뭐야?"

"장도윤입니다."

"그래. 꼭 전해주마. 너무 늦기 전에 얼른 집으로 돌아가거라."

도윤이는 "네, 감사합니다." 하고 머리가 땅에 닿을 듯이 인사했다. 스텔라를 만날 수 있다고 생각하니 하늘을 나는 기분이었다. 하지만 기쁨은 잠시, 그 후로도 도윤이는 스텔라를 만나지 못했다. 옆집의 쿠키 가게 아저씨도.

결국 다음 용돈을 받은 월요일이 되어서야 다시 사진을 찍으러 갈 수 있었다. 제발 꼭 만나게 해달라고 두 손을 모아 빌고는 또 사진을 찍었다. 하지만 역시나 스텔라는 나타나지 않았다. 아무래도 자신의 이야기는 들어주지 않을 것 같다는 생각에 도윤이는 버럭 소리를 질렀다.

"왜 나는 안 들어줘요! 서준이는 들어주면서!"

그때, 앞에 있던 사진기에서 플래시가 터졌고 눈을 떴을 때 도윤이는 스텔라의 방 테이블 앞에 앉아 있었다.

"어!"

도윤이는 놀람과 기쁨에 자리에서 벌떡 일어났다. 분명 서준이가 알려주었던 방이었다. 사진관과 비슷하게 한쪽엔 풍선, 한쪽엔 메모들로 가득 차 있는 방 안. 도윤이는 그 신비로움에 빠져 멍하니 방을 둘러보았다.

"어서 오세요."

갑자기 들려온 목소리에 뒤를 돌아보았다. 스텔라가 바로 뒤에 서 있어, 순간 휘청거리며 넘어질 뻔했다. 다행히 중심을 잡은 도윤이는 스텔라를 마주 보았다.

"안…녕하세요."

"무슨 일로 왔어요? 옆집의 쿠보 씨에게 전해 듣기론 날 찾았다고 하던데. 장도윤 학생 맞죠?"

쿠보 씨라면 얼마 전에 스텔라를 만나면 꼭 전해주겠다던 옆 쿠키 가게 아저씨를 말하는 듯했다. 이름을 알고 있는 걸 보니 아저씨가 이야기를 전해주셨구나.

도윤이는 머리를 긁적이며 스텔라에게 자신이 온 이유를 이야기했다.

"저, 저기 서준이가, 여기 가면 안경을 얻을 수 있다고 해서 왔어요."

"안경? 서준이라면… 아! 서준이 친구야?"

"네… 서준이가 여기 가면 고민을 해결할 수 있다고 해서 왔어요."

"그랬구나. 우선 앉을래? 코코아 줄게."

스텔라의 말에 도윤이는 고개를 끄덕이고는 앉았다. 스텔라는 맞은편 테이블에서 코코아를 만들었다. 달콤한 코코아 향이 코끝을 스치자 도윤이는 기대감에 입꼬리가 자꾸 올라갔다.

'안경만 있으면 꿈을 찾을 수 있을 거야.'

잠시 후 코코아를 들고 온 스텔라는 도윤의 앞에 앉았다. 도윤이는 기대감에 가득찬 눈으로 스텔라에게 안경에 관해 다시 얘기했다.

"저도 안경을 받을 수 있을까요?"

"어떤 안경을 받고 싶은데?"

스텔라는 코코아를 한 모금 마시고는 도윤을 바라보았다.

"어떤 안경? 음, 안경에 종류가 있어요?"

도윤이는 당황했다. 서준이에게 들은 건 안경 이야기일 뿐, 종류가 있다는 말은 듣지 못했다.

"서준이가 받은 거랑 같은 거 아닌가요?"

스텔라는 바로 대답하지 않고 가만히 코코아만 마셨다. 도윤이도 말이 없는 스텔라를 보자 선뜻 먼저 말을 하기가 어려웠다. 잠시 후 스텔라는 도윤에게 질문했다.

"어떤 이유로 안경을 찾는 거야?"

뜻밖의 질문에 도윤이는 바로 대답하지 못했다. 잠시 머뭇거리던 도윤이는 대답했다.

"저는… 꿈이 없어요. 뭘 하고 싶은지, 뭘 해야 하는지 잘 모르겠어요. 동화작가가 꿈이라는 서준이가 부럽고, 무엇무엇이 되고 싶다고 말하는 친구들도 부러워요."

"너는 그런 게 없었어?"

"저는, 어릴 때는 경찰도 되고 싶었고 소방관도 되고 싶었어요."

"그럼 된 거 아니야?"

"네?"

스텔라는 뭐가 문제냐는 듯 두 팔을 올려 어깨를 으쓱했다.

"아직은 무엇이든 되고 싶다고 말할 수 있고, 뭐든 꿈꿔 볼 수 있는 거 아니야? 그 자체만으로도 꿈이 되는 건데 벌써 왜 걱정을 해?"

"네? 무슨 말인지 모르겠어요."

"아직 어리잖아. 서준이도 동화작가가 꿈이라고 하지만 언제 변할지 몰라. 어떤 꿈이든 꿔볼 수 있잖아. 대통령이 되고 싶을 수도 있고, 연예인이 되고 싶을 수도 있고. 먼 꿈 같지만 결국 그 꿈을 이루냐, 이루지 않느냐도 얼마만큼 노력하느냐에 따라 달라져. 그 노력은 자신이 스스로 해야 하는 거고."

순간, 도윤이는 스텔라가 안경을 주기 싫어서 하는 말이라고 생각했다. 주기 싫으면 안 준다고 하면 될 텐데, 왜 빙빙 돌려 말하지?

"주기 싫으면 싫다고 하세요!"

듣고 있던 도윤이는 스텔라를 향해 버럭 소리를 지르고 말았다. 그런데 스텔라는 픔, 하고 웃었다. 그 웃음이 더 기분 나빠진 도윤이는 자리에서 일어나려고 했다.

"내가 서준이에게 준 안경은 용기를 주는 안경이야."

스텔라는 도윤이의 눈을 바라보며 얘기했다. 스텔라는 서준이가 꿈을 위해 엄마 아빠를 설득할 용기가 필요했다고 했다. 그래서 용기를 낼 수 있는 안경을 전해주었고, 그 이후의 모든 것은 서준이가 스스로 이루어낸 것이라고 설명했다.

"넌 어떤 안경을 원하는 거야? 꿈이 들어 있는 안경? 만약 그 안경을 쓰고 네가 꿈을 가지게 된다면 그게 과연 네 꿈일까? 안경의 꿈이 아니고?"

도윤이는 그 말에 아무런 대답도 할 수 없었다. 스텔라의 말대로 안경이 준 꿈이 자신의 꿈은 아니라고 생각되었기 때문이다. 하지만 도윤이는 며칠 동안 스텔라를 찾아다녔던 자신의 간절함을 무시당했다는 생각에 화가 나 얼굴이 붉어졌다.

그때 스텔라가 일어나 계산대 옆에서 작은 가면을 들고 왔다. 눈과 코를 가릴 수 있는 여우 얼굴의 가면이었다.

스텔라는 테이블 위에 가면을 올려두었다.

"자, 이거 가져가. 여우 가면."

"됐어요. 내 꿈이 아니라 안경의 꿈이라면서요. 이 가면을 쓰면 가면의 꿈 아닌가요?"

조금 전 스텔라의 말에 마음이 상한 도윤이는 가면을 쳐다보지도 않았다. 하지만 마음으로는 당장에라도 가면을 가져가고 싶었다.

"응, 맞아. 안경과 가면, 사실 모두 아무 의미 없어. 그런데 네가 꼭 원한다면 가져가라는 뜻이야."

"그럼 꿈을 가질 수 있어요? 아무 의미 없다는 말은 이 가면이 아무 쓸모 없다는 거 아닌가요?"

"가면을 가지고 있으면 무엇이든 이루어질 수는 있겠지. 그런데 정말 그걸 원하는 거니?"

도윤이는 정말 안경의, 아니 가면의 꿈을 원했던 걸까. 머리가 어지러웠다.

스텔라는 도윤이가 다시 마음을 가라앉힐 때까지 아무 말도 하지 않고 기다려주었다. 잠시 뒤 코코아 한 모금을 마신 도윤이는 깊은 한숨을 내쉬었다.

"저는 왜 꿈이 없는지 모르겠어요. 이런 제가 답답해요."

어렵게 꺼낸 도윤이의 말에 스텔라는 고개를 끄덕였다.

"그렇게 생각할 수도 있지. 그런데 있잖아, 아까 내가 한 말 기억나니? 너는 아직 어리다는 말."

"네."

"앞으로 네가 살아가면서 어떤 꿈이 생길지, 언제 좋아하는 일이 생길지 아무도 몰라. 그런데 그 순간은 반드시 와. 꼭 지금이 아니라도 괜찮다는 뜻이야. 아직 많이 경험하지 못했잖아. 학교나 학원에서의 수업 말고는 배운 것도 없고. 경험이라는 건 굉장히 중요하거든. 중학생이 되고, 고등학생이 되고, 대학생이 되면서 겪게 되는 모든 순간을 통해 반드시 네가 좋아하는 일을 만나게 될 거야. 어떤 할머니는 예순 살이 넘어서야 자신이 글을 잘 쓴다는 걸 알게 되었고, 늦게 작가가 되셨어. 또 어떤 할아버지는 일흔이 넘어서 이루지 못한 학업의 꿈을 위해 대학을 가셨고. 들어본 적은 있지?"

도윤이는 고개를 끄덕였다.

"지금은 그냥 딱 떠오르는 것, 네가 하고 싶고 좋아하는 것. 그게 네 꿈이고 장래 희망이 될 수 있는 나이야. 그리고 어느 날, 가슴이 쿵 하고 내려앉을 만큼 좋아하는 일, 하고 싶은 일이 생기게 되면 그때 후회 없이 꿈을 이루기 위해 달려가면 돼."

"가슴이 쿵 하고 내려앉을 만큼 좋아하는 일…."

"그래, 그러니 답답해할 필요 없어."

"그럼 공부는 왜 해야 할까요? 공부가 필요 없는 꿈도 있지 않을까요?"

"그것도 네 선택이지. 공부를 하는 것도 하지 않는 것도."

스텔라는 학생들이 받는 의무 교육은 꿈을 향한 기초 공사라고 말했다. 땅을 파고 단단히 지어 올린 탄탄한 건물과 땅을 파지 않고 흙 위에 지은 건물을 생각해 보라고 했다.

도윤이는 머릿속에 두 개의 건물을 그렸다. 깊은 땅을 파 탄탄하게 올려 지은 건물과 대충 지은 건물. 그리고 불어오는 바람까지 머릿속에 그려 넣었다. 비틀비틀 흔들리는 건

물의 모습이 떠오르자 도윤이는 무릎을 쳤다.

"그러니까 스텔라의 말은 나중의 꿈을 위해, 또는 언젠가는 생길 꿈을 위해 미리 준비해 두라는 거죠?"

"그렇지! 우리가 오늘 비가 올 것 같다고 생각되면 우산을 챙기지? 그거랑 같다고 생각하면 되지 않을까?"

스텔라의 마지막 대답에 도윤이는 막혔던 숨통이 트인 것 같았다. 순간 후, 하고 깊은 한숨이 나왔다. 속이 상해 나오는 한숨이 아니라 물속에 오래 갇혀 있다 나온 것 같은 기분이었다.

"감사합니다. 고민이 다 해결됐어요. 서준이 말을 듣고 스텔라 님을 찾아오길 잘한 것 같아요."

"정말? 그럼 이 가면은 필요 없는 거야?"

"네. 앞으로 제가 뭘 하고 싶은지 천천히 찾아볼래요. 기초를 탄탄히 하면서."

"멋지다! 응원할게. 도윤아. 네가 나를 찾기 위해 오랫동안 기다리고 찾아다녔잖아."

"네."

"그 의지로 한 번 찾아봐. 너의 꿈을."

스텔라를 찾던 의지. 스텔라가 어떤 말을 하는지 도윤이는 이제 다 이해가 됐다.

"그래도 이 여우 가면은 선물이니까 가지고 가. 혹시 쓸모 있을지도 모르잖아?"

스텔라는 여우 가면을 건넸다. 도윤이 이건 어떤 가면이냐고 묻자 스텔라는 꿈을 찾는 가면이라고 했다.

"다른 친구들은 꿈이 있는데 넌 없다고 느껴지고 오늘처럼 답답할 때 써봐. 그럼 마음이 편안해질 거야. 그리고 네 꿈을 찾을 때 많은 도움을 줄 거야."

"고마워요. 하지만 그건 안경의, 아니 가면의 꿈이라고…."

스텔라는 고개를 저으며 웃었다.

"이 가면이 꿈을 꿀 수 있겠어? 그냥 장난감 가면인데? 그냥 너의 초조하고 불안한 마음을 다스려주는 것뿐이야. 걱정하지 말고 가져가."

도윤이는 여우 가면을 손에 쥐었다.

"감사합니다."

"그리고 이거 사진."

스텔라는 아까 찍은 도윤이의 사진을 건네주었다.

"도윤아. 이곳에서 나를 만날 수 있는 사람들은 사진 안에 회색 하트가 생긴 사람이야. 마음이 어둡고 고민이 많다는 뜻이지. 그런데 도윤이 사진에는 회색 하트가 보이니?"

"아니요."

"그럼 네가 스스로 고민을 해결할 수 있다는 뜻이야. 앞으로 좌절하지 말고 용기 내서 너의 꿈을 찾아봐."

"네!"

도윤이는 큰 목소리로 대답했다.

"그럼 이제 가보겠습니다. 감사합니다."

손을 흔드는 스텔라에게 인사를 하고 문을 열자 어느새 아까 들어왔던 사진관 속으로 돌아와 있었다. 도윤이는 가방에 가면을 넣고는 사진관을 나왔다.

도윤이는 그 뒤부터는 꿈에 대해 깊게 생각하지 않으려고 노력했다. 순간 '하고 싶다'고 생각되는 일들에 대해서만 생각했다. 경찰, 소방관, 연예인 등 매 순간 바뀌기도 했지만, 예전처럼 걱정되거나 불안하지 않았다.

"도윤아!"

학교를 마치고 가는 길에 뒤에서 서준이가 도윤이를 불렀다.

"서준아!"

"스텔라는 만났어?"

"응, 만났어!"

도윤이의 말에 서준이가 잘됐다며 어깨를 잡았다.

"안경 받았어?"

도윤이는 매일 가방에 넣고 다니는 여우 가면을 꺼내 서준이에게 보여주었다.

"나는 이 가면을 받았어."

서준이는 이 가면은 어떤 거냐며 물어보았다. 도윤이는 꿈을 찾게 도와주는 가면이라고 말했다.

"그래서, 꿈을 찾았어?"

"아직 확실히 정해지진 않았지만, 천천히 생각해 보려고.

내가 뭘 좋아하는지."

"그렇구나. 넌 잘하는 게 많으니까 금방 찾을 거야. 그나저나 발표가 내일인데."

"내가 잘하는 게 많다고?"

서준이는 놀란 도윤이를 보고 "응."이라고 대답했다.

"너는 그림도 잘 그리고, 친구들 상담도 잘해주고, 수학도 잘해서 친구들이 질문하면 친절히 알려주잖아."

"내가 그랬나?"

"응. 나는 글쓰기는 좋아하는데 그림은 엉망이거든. 그림을 잘 그리는 네가 항상 부러웠어. 너도 네가 잘하는 것들을 한번 생각해 봐. 그럼 꿈을 찾을 때 도움이 될 거야. 오늘 조금 노력하면 내일 발표할 수 있을 것 같은데?"

'잘하는 것?'

도윤이는 자신이 잘하고 싶은 것이나 잘하지 못하는 것만 생각했지, 한 번도 자신이 잘하는 것에 대해서는 생각해 보지 않았다. 하지만 도윤이는 교내 그림대회나 학교 대표로 나갔던 그림대회에서 항상 상을 받았다. 그리고 차분히 들어주는 성격이라, 친구들은 고민이 있을 때 종종 도윤이를 찾곤 했다.

'그러고 보니 나도 잘하는 게 있었네.'

순간 도윤이의 머리에는 무언가가 번뜩였다. 스텔라처럼 누군가의 아픈 마음을 들어주고 고쳐주는 사람이 되고 싶었다.

자신이 잘하는 그림과 상담을 함께 할 수 있는 일. 언젠가 직업에 관한 프로그램에서 소개했던 미술 심리 상담사가 떠올랐다. 갑자기 심장이 두근거리기 시작했다.

도윤이는 학원을 마치고 돌아오자마자 미술 심리 상담사에 대해 검색하고 찾아보았다. 자격증도 따야 하고 공부도 꽤 해야 했지만, 처음으로 하고 싶은 것이 생긴 순간이었다. 도윤이는 또 바뀔지도 모르지만 꿈을 찾았다는 생각에 여우 가면을 만졌다.

"이 가면 때문인가?"

도윤이는 가면을 쓴 후 미술 심리 상담사에 대한 자료들을 찾아 발표를 위해 꼼꼼하게 정리했다.

다음 날.

지난번 통과하지 못했던 친구들이 다시 나와 각자의 꿈을 발표했다. 부끄러움에 머뭇거린 친구들도 있었고, 지난번과 달리 당당하게 발표하는 친구들도 있었다. 곧이어 자신의 차례가 다가오자 도윤이는 떨리기 시작했다. 잠시 후 자신을 부르는 선생님의 목소리에 자리에서 일어나 칠판 앞으로 나갔다. 떨리는 마음을 다잡고자 심호흡을 크게 하고, 잠시 뒤를 돌아 여우 가면을 썼다. 킥킥거리며 웃는 친구도 있었지만 발표가 시작되자 조용해졌다.

"제 꿈은 미술 심리 상담사입니다."

친구들이 '미술 심리 상담사가 뭐지?' 하며 웅성거렸다.

"미술 심리 상담사는 미술을 통해 마음에 병이 생겨 힘든 사람들을 도와주는 직업입니다. 선생님께서 주신 시간 동안 제가 잘할 수 있는 일, 제가 잘하는 일을 생각했습니다. 저는 미술도 좋아하고 친구들의 고민 상담을 잘 들어준다는 걸 알았어요. 앞으로도 많이 공부하고 노력해서 모든 사람의 마음 이야기를 들어줄 수 있는 미술 심리 상담사가 되고 싶습니다."

도윤이의 발표가 끝나자 친구들은 손뼉을 쳐주었다. 도윤이는 가면을 벗어 손에 들었다.

"도윤이가 이번에는 제대로 준비했구나?"

선생님도 도윤이의 발표를 칭찬해 주었다. 선생님께 인사한 뒤 자리에 돌아가 앉자 뒤에 앉아 있던 서준이가 도윤이의 등을 두드리고는 작은 목소리로 이야기했다.

"도윤아, 최고야. 진짜 잘했어."

도윤이는 서준이의 칭찬과 친구들의 박수에 부끄러워 머리를 긁적였다. 그리고 손에 쥔 가면을 바라보았다.

'고마워. 여우 가면.'


도윤이는 며칠 뒤 서준이와 함께 스텔라를 만나기 위해 사진관으로 갔다. 하지만 스텔라는 보이지 않았다.

"오늘은 안 나오셨나 봐. 사진을 찍어볼까?"

"아니야. 이리 와봐."

도윤이는 서준이를 데리고 옆 쿠키 가게로 향했다.

"어서 오세요."

두 번째 만남이지만 여전히 쿠키 가게 아저씨의 큰 키와 덩치는 놀라웠다.

"안녕하세요."

"안녕하세요."

"너는 그때 그 학생 아닌가? 아직 스텔라를 만나지 못했던 거야? 오늘은 친구랑 함께 왔네."

"아니요. 만났어요. 전해드릴 게 있는데, 오늘 나오지 않으셨나 봐요. 혹시 저 대신 전해주실 수 있을까요?"

"허허허. 전해줄 게 뭔데?"

도윤이는 가방에서 여우 가면을 꺼냈다.

"이거요."

"가면?"

"네. 스텔라 님께 감사하다고, 좋은 선물을 주셔서 멋진 꿈을 가지게 되었다고 꼭 좀 전해주세요,"

"스텔라 가게에 메모를 써서 붙여두면 볼 수 있을 텐데?"

도윤이는 머리를 긁적이며 웃었다.

"혹시 제 글 때문에 스텔라 님이 곤란해지실까 봐서요."

"허허허. 속이 깊네. 꼭 전해주마."

호탕하게 웃은 아저씨는 쿠키 두 개를 집어 도윤이와 서준이에게 주었다.

"아저씨가 주는 선물이야."

"엇, 감사합니다!"

도윤이는 가면을 아저씨에게 전하고 서준이와 함께 고개 숙여 인사했다. 가벼운 발걸음으로 가게를 나온 둘은 다시 사진관으로 들어갔다.

"준비됐지?"

신나게 웃으며 사진을 찍고 나서 도윤이는 사진기를 바라보며 말했다.

"이젠 가면은 필요 없어요. 나만의 꿈을 찾는 법을 알았으니까. 감사합니다, 스텔라."

# 쉿, 비밀인데요. 그냥 평범한 소품들이에요.

　사진관 앞에는 길게 줄이 늘어서 있었다. 원래도 하교 시간엔 아이들이 북적였지만, 요즘은 줄을 서서 대기하는 사람들도 많아졌다.

　"그 소문 들었어? 이 사진관에서 사진을 찍으면 소원을 이루어준대."

　"에이, 설마. 그럼 왜 소원을 이루었다고 말하는 사람이 아무도 없어?"

　"음. 비밀로 하는 거 아닐까?"

한 무리의 여자아이들은 소원을 이루어준다는 사진관에 관한 이야기를 하며 지루한 시간을 채우고 있었다.

어느 날부터 스텔라의 무인 사진관이 소원을 이루어주는 곳이라는 소문이 나서, 많은 사람이 찾게 되었다. 정말 소원을 이루었다는 사람도 있고 거짓이라는 사람도 있었다. 그 소문을 꼭 믿는 건 아니었지만 사람들은 작은 재미로, 또는 약간의 기대감을 안고 스텔라의 사진관을 찾았다. 소원이 이루어지지 않았다고 허탈하게 돌아가는 사람은 없었다. 친구들이나 가족과 사진을 찍으며 추억을 남기는 것만으로도 행복했기 때문이다.

시간이 점점 흘러 스텔라의 무인 사진관은 동네 사람이라면 한 번씩은 다녀간 이 골목의 명소가 되었다.


청소를 마친 스텔라는 오늘도 코코아 한 잔을 들고 가게 앞으로 나왔다. 오늘따라 유난히 공기가 맑았다. 겨울엔 사람이 많아도 추워 보이던 골목이, 봄이 되자 사람이 없어도 따뜻하게 보였다.

"스텔라."

그때 옆 가게 쿠보 씨가 웃으며 가게에서 나왔다.

"안녕하세요. 오늘도 활기차시네요."

쿠보 씨는 기지개를 편 후 스텔라의 옆으로 다가왔다.

"허허. 오늘도 날씨가 좋군. 참, 스텔라. 그때 스텔라를 찾던 아이가 전해달라더군. 직접 전해주고 싶은데 만나지 못했다고 말이야."

쿠보 씨는 스텔라에게 여우 가면을 건네주었다.

"그냥 써도 되는데 다시 돌려줬네요."

"좋은 선물 덕분에 멋진 꿈을 가지게 되었다고 감사하다고 전해달라고 했어. 스텔라, 우리 행운 쿠키처럼 소품들이 요술이라도 부리는 거야?"

스텔라는 선뜻 대답하지 않고 웃으며 코코아를 마셨다. 도대체 어떤 힘이 있길래 사람들이 스텔라의 가게를 찾는지 궁금해진 쿠보 씨는 스텔라의 대답을 재촉했다.

"쉿, 비밀인데요. 그냥 평범한 소품들이에요."

"평범하다고?"

“네. 이건 마트나 문구점에서 살 수 있는 일반 소품이에요.”

“허허. 그런데 아이들이 이걸 받으려고 스텔라를 찾아다닌다고?”

쿠보 씨는 믿지 못하겠다는 듯 눈을 작게 찌푸리고 스텔라를 바라보았다. 스텔라는 쿠보 씨에게 소품들에 관해 설명했다.

“용기가 필요한 아이, 반성이 필요한 아이, 규칙이 필요한 아이, 마음의 치유가 필요한 아이, 꿈이 필요한 아이. 이 아이들 모두 마음의 상처가 있거나 아직 용기를 내는 방법을 모르는 아이들이었어요. 그 아이들은 자신이 얼마나 대단한 능력이 있는지 알지 못하더라고요. 저는 스스로 치유할 수 있고 스스로 헤쳐나갈 수 있다는 걸 알려준 것뿐이에요. 사람들은 자신이 얼마나 큰 잠재력을 가졌는지 몰라요. 한 발짝만, 한 번만 더 도전하고 다가가면 무엇이든 이룰 수 있는데 말이죠.”

쿠보 씨는 고개를 끄덕였다.

"저는 그런 아이들에게 자신의 힘을 끌어낼 수 있게 도와 준 것뿐이에요. 소품은 소품일 뿐이죠. 평범한 안경, 평범한 머리띠, 평범한 인형과 모자, 가면. 어디서나 구할 수 있는 소품들이에요."

"그럼 이 가면도 아무 힘이 없다는 말인가?"

"그렇죠. 아니, 어쩌면 아이들이 자신의 힘을 그곳에 담 았을지도 모르겠네요."

"아이들의 힘을 담았다, 라. 하하하. 그럴 것 같군."

스텔라는 쿠보 씨의 웃음 속에서 스스로 힘을 키워나가 는 아이들의 미소를 떠올렸다.

"나도 이제는 쿠키를 만들 때 작은 여유를 남겨둬야겠어. 스스로 행운을 찾는 힘을 담을 수 있게. 하하하."

쿠보 씨는 기분 좋은 미소를 지으며 가게 안으로 들어갔다.

스텔라는 쿠보 씨를 향해 손을 흔들고는 여우 가면을 바 라보았다. 그리고 환히 웃는 도윤이의 얼굴을 떠올렸다.

"다행이야, 꿈을 찾아서. 앞으로도 그렇게 찾아가는 거 야."